অজর আত্মা

পিকু

বিষয়বস্তু

ভূমিকা   ix

  1. প্রথম অধ্যায়   1

  2. দ্বিতীয় অধ্যায়   4

  3. তৃতীয় অধ্যায়   8

  4. চতুর্থ অধ্যায়   13

  5. পঞ্চম অধ্যায়   17

  6. ষষ্ঠ অধ্যায়   21

  7. সপ্তম অধ্যায়   25

  8. অষ্টম অধ্যায়   29

  9. অন্তিম অধ্যায়   32

অজর আত্মা

পিকু

সাহিত্য কাল পুরুষ

কাঁজিয়াল পাড়া পূর্ব, রাজারহাট, কলকাতা- ৭০০১৩৫

অজর আত্মা

ভূমিকা

"সত্যের জয়" কথাটা আমাদের মানসিকতার সাথে এমন ভাবে জড়িয়ে আছে যে, আমরা এই কথার উপরে কোনরূপ অনাস্থা রাখতে পারিনা। কিন্তু কথাটা যে সব সময় সঠিক এমন বলা খুব একটা বাস্তবসম্মত হয়তো নয়। বাস্তব জীবনে বহুবার দেখেছি, যে ব্যক্তি সঠিক এবং সত্য তাকেও নানাভাবে বিড়ম্বনার শিকার হতে হয়েছে, অথচ পাশাপাশি বহু বেঠিক মানুষ অনায়াসে সমস্ত প্রতিকূলতার মধ্য থেকে নিজের উত্তরণ ঘটিয়েছে। নাঃ, কারও সংবেদনশীলতাকে আঘাত করার জন্য এ কথা বলছি না, এ কথা বলছি বাস্তবের আয়নায় সমাজের মুখ দেখতে দেখতে।

অন্যদিকে সনাতন প্রেম প্রীতির জয় পরাজয় সেও ভারী আপেক্ষিক। চলতে চলতে স্থান, কাল, পাত্র ভেদে হঠাৎ ঝাপসা হয়ে আসে, সমাজের উষর ভূমিতে ক্যাকটাস এর মত সে কণ্টকিত হয়ে বেড়ে উঠতে চায়। মৃত্যুর মুখোমুখি দাঁড়িয়ে সে জয়ী হতে চায়। তার দীপ্ত প্রেমের উদযাপন রূঢ় বাস্তব সমাজের বুকে দগদগে ক্ষত চিহ্ন রূপে প্রতীয়মান হয়। তা সত্ত্বেও চলমান সমাজের প্রতি সাধারণ মানুষের অটল আস্থা আজও বর্তমান। তবে সেই আস্থা বর্তমান আছে বলেই হয়তো সমাজ এখনো কলুষতার কৃষ্ণ সাগর সলিলে নিমজ্জিত হয় নি। তাই এসব কথা সত্য হোক বা নাই হোক আস্থা অটুট থাকুক! চলুন একবার ঘুরে আসি সমাজের কোন এক কানাগলির অন্ধকার প্রান্তদেশে। যেখানে ভেঙে পড়ে সমাজের মেকি নৈতিকতা আর মুখোশধারীর কৌলিন্য।

আমার সামান্য কয়েকটি উপন্যাস এবং উপন্যাসিকার মধ্যে অজর আস্মা নামক এই উপন্যাসিকাটি অন্যতম সামাজিক দর্পণ।

১

প্রথম অধ্যায়

রাতের ভালোলাগাটা বাস্তুর ঘুম কে অনেক গভীর করে দিয়েছিল। জীবন যে এত সুন্দর হতে পারে, এত ভাল লাগা থাকতে পারে, তা ছিল ওর কল্পনার বাইরে। এই ব্রাত্য জীবনে এতো ভালো ও কোনদিন থাকেনি । এক জীবন অন্য জীবনের মধ্যে মিশিয়ে দেওয়ায় যে চূড়ান্ত সুখ সে অনুভব এই প্রথম বার হলো। বাস্তু আর রুমকি শতজন্মের ক্ষুধার্তের মত পরস্পর পরস্পরের ভালোবাসাকে নিংড়ে নিয়েছিল নিজেদের মধ্যে। অন্য দিন বাস্তুর ঘুম ভাঙ্গে সকাল সাড়ে পাঁচটা থেকে ছটার মধ্যে। তারপর উঠেই কোনোক্রমে নিজের সামান্য প্রাত্যহিক কর্ম সেরে, দৌড় লাগায় দোকানের উদ্দেশ্যে। কিন্তু আজ সাড়ে আটটার বেশি হয়ে গেছে তবু ঘুম ভাঙতেই চাইছিল না। এমনকি যে মদ ছাড়া ওর একটা বেলাও চলত না, রাতে ঘুম আসত না অথচ কাল রাতে সেই মদের বোতল টেবিলের উপর তেমনি ভাবেই পড়ে আছে । বাস্তু আচ্ছন্নের মত ঘুমের ঘোরে আড়মোড়া ভেঙে চোখ না খুলেই হাতড়ে হাতড়ে বিছানায় রুমকিকে খুঁজতে থাকে। ওর কাছে থেকে আবার আদর থাবে বলে। একটু এধার ওধার হাত ঘোরাতেই রুমকির গায়ে হাত লাগে। কিন্তু একি! এ যে একেবারে ঠান্ডা! বরফের মত ঠান্ডা দেহ। বাস্তু চমকে ওঠে। আতঙ্কে ধড়পড় করে উঠে বসে। হাঁ করে রুমকির মুখের ওপর ঝুঁকে পড়ে। রুমকির মুখ দেখে মনে হল রুমকি পরম নিশ্চিন্তে ঘুমিয়ে আছে। কি জানি একটা বিরাট শান্তি ওর মুখের আনাচে-কানাচে জড়িয়ে আছে। বাস্তু রুমকির গালে হাত দিল। একেবারে ঠান্ডা দুটো গাল । ঠোঁটের কোনা থেকে হালকা একটু লালা গড়িয়ে পড়েছে। বাস্তু ফ্যাসফ্যাসে গলায় ডাকলো ,
- "রুমকি, রুমকি , ওঠ রুমকি ,আমার দিকে তাকা রুমকি। কি হলো তাকাচ্ছিস না কেনো, তাকা না!.... "
বাস্তুর আর্তনাদ গুলো হাহাকারের মত পাখির খাঁচার মতো শীর্ণ বুকের গভীর থেকে উঠে আসলো। কিন্তু রুমকির ফ্যাকাশে মুখে কোনো অভিব্যক্তি নেই। শুধু ঘরের মধ্যে

চালের ফাঁকা থেকে আসা এক টুকরো সূর্যের আলো যেন বাচ্চুকে পরিহাস করছিল। বাচ্চুর মনে হল রুমকি যেন একটু নড়ে উঠলো। কিন্তু নাঃ ওর ভুলই হয়েছে। ওর টানাটানিতে হয়তো শরীরটা একটু নড়ে উঠেছে। বাচ্চু জোর করে রুমকিকে উঠিয়ে বসাতে চেষ্টা করে। এলো চুলগুলো তো এখনো তেমনি আছে। কাল রুমকিকে ও সাবান আর সুগন্ধি তেল কিনে এনে দিয়েছিল। সেই সুগন্ধে বাচ্চু সারারাত ভেসে গিয়েছিল। গন্ধটা এখনো ভেসে আসছে রুমকির খোলা চুল থেকে। তবে কেন জানি বাচ্চুর মনে হচ্ছে সেটা কালকের থেকে অনেকটাই অন্যরকম। রুমকি কিছুতেই উঠে বসলো না। ও সোজা হয়েই শুয়ে রইলো। বাচ্চু রুমকিকে জাপ্টে ধরে রুমকির ঘাড়ের কাছে নিচু হয়ে একবার চুমু খাওয়ার চেষ্টা করল। এবার যেন মনে হলো রুমকি কানে কানে কিছু একটা বলছে হয়তো ঠোঁটদুটো নড়ে উঠেছে। বাচ্চু আরো ঝুঁকে পড়ল রুমকির মুখের উপর। কিন্তু রুমকির ঠোঁটদুটো এত নির্জীব দেখাচ্ছে কেন! এত শক্ত কেন! ঠোঁটের উষ্ণতাটা কোথায়! বাচ্চুর মনে হলো রুমকির হাতে যেন একটা কিছু ধরা আছে। দেখলো বাচ্চুর ডায়েরির একটা ছেঁড়া পাতা ভাঁজ করে শক্ত করে ধরা। বাচ্চু রুমকির হাত ধরে সেটা বার করে নিতে যায়। ঠান্ডা হাতে এমনভাবে ধরা সেই কাগজটা। মনে হয় যেন উড়ে কোথাও না চলে যায়, তার জন্যই রুমকি এভাবে শক্ত করে ধরে রেখেছে। কিছুতেই যেন দিতে চাইছে না। এত ঠান্ডা তো ছিল না হাতটা। কি ভীষণ নরম ছিল আর গরম কত আদর মাখানো ছিল ওই হাতের তালুটা। সেই গরম ভাবটা কোথায় গেল! এত শক্ত বা হলো কি করে? বাচ্চু রুমকিকে জাপ্টে ধরে চোখে, নাকে, মুখে পাগলের মত বেশ কয়েকটা চুমু খায়। আবার একটা। আবার একটা। রুমকির সারা শরীরে হাত বোলাতে থাকে। নাঃ কোথাও এতোটুকু প্রাণের স্পন্দন নেই। এবার বাচ্চু রুমকির বুকের মধ্যে মাথা গুঁজে দেয় কান পেতে শুনতে চেষ্টা করে রুমকির বুকের আওয়াজ। কালকের রাতে যে রুমকির বুকে এত জোরে জোরে শব্দ হচ্ছিল। সেই হৃদস্পন্দন হঠাৎ কি করে একদম স্তব্ধ হয়ে গেল! বুকটা এমন কঠিন পাথরের মত কি করে হয়ে গেল! একটুও ওঠা পড়া নেই কেন? রুমকির হাতের মধ্যে থেকে জোর করে কাগজটা বার করে নেয়। চিঠির অক্ষর গুলো যেন বাচ্চুকে ভেংচি কাটছে। বাচ্চু গোগ্রাসে পুরোটা পড়ে ফেলতে থাকে। ওর চোখ দুটো তখন যেন ঠিকরে বেরিয়ে এসেছে। টেবিলের উপরে থাকা বাচ্চুর পুরনো একটা ডায়রির পাতা। ডায়রিটা কুড়িয়ে পেয়েছিল রাস্তায়। নচেৎ অত সুন্দর একটা ডায়রি ওর ঘরে কিছুতেই থাকার কথা নয়। তাই শখ করে দশ টাকা দিয়ে একটা কলম কিনে এনে রেখে ছিলো, যাতে ডায়রিটার সাথে মানায়। বাচ্চু মাঝেমধ্যে আপন খেয়ালে অনেক কিছু হিজিবিজি লিখে রাখত। হয়তো ওর এলোমেলো জীবনের কিছু ছবি আঁকতে চাইতো ওই ডায়রিটাতে। সেই ডায়রির পাতায় যে রুমকি ওর জীবনের শেষ চিঠিটা লিখে যাবে সে তো ওর কল্পনাতেও ছিল না। আর কল্পনা করবেই বা কি করে, রুমকিতো সবে দুদিন হল ওর ঘরে এসেছে। আর ডায়রিটা প্রায় তিন বছর ধরে পড়ে আছে টেবিলের ওপরে। ওই ডায়রিটা কি করে যে রাস্তার ওপরে এসে পড়েছিল, কে

জানে! প্রথম দু'চারটে পাতায় ইংরেজিতে কি সব হাবিজাবি লেখা ছিল। সেসব নিয়ে বাচ্চু কোনদিনই মাথা ঘামায় নি।

বাচ্চু দশ বছর হল এই কানাগলির শেষ প্রান্তের ছোট্ট ঝুপড়িটার মধ্যে আছে। বাচ্চুর মা মারা যাওয়ার পর গ্রামে ওর আর বলার মত নিজের কেউ ছিলনা। বাপটা শালা কোন ভদ্র বাড়ির বিধবা মাগির সাথে হারামীপনা করতে গিয়ে গণধোলাইয়ে তো অনেক আগেই টেসে গিয়েছিল। তাই বাচ্চুর লেখাপড়াটা ঠিক এগোয়নি। গ্রাম ছেড়ে চলে এসেছিল কলকাতা শহরে এখানে ওখানে ঘুরতে ঘুরতে অবশেষে ঠাঁই হয়েছিল এই কানা গলিতে। এখান থেকে খানিকটা দূরে যদিও সোনাগাছির লাল এলার্ট এরিয়া কিন্তু বাচ্চু ওর বাপের মত হারামি না তাই কোনদিন ওই দিকে ফিরেও তাকায় না। ওর দোষের মধ্যে সারাদিন কাজকর্ম সেরে ফেরার পথে একটা বাংলার প্যাক না হলে চলে না। বাচ্চু একটা দোকানে চিকেন ড্রেসিং এর কাজ করে। সকালে বিকেলে মিলিয়ে তিনশ টাকা পায়। তাতে ওর মদের খরচা আর খাওয়া পরা দিব্যি চলে যায়। একলা মানুষের এর বেশি আর কিই বা লাগে। কিন্তু কাল থেকে ও অন্য কিছু চিন্তা করছিল। কিন্তু সকাল হতে না হতেই যে সব চিন্তা এভাবে মাটিতে মিশে যাবে, ও কল্পনাও করতে পারেনি। চিঠিটা পড়ে বাচ্চু স্বপ্নাহতের মত খাট থেকে নেমে এগিয়ে যায় টেবিলটার দিকে। বাংলা মদের বোতলটা খুলে খানিকটা মদ বাচ্চু ঢকঢক করে গলায় ঢেলে দিলো। রুমকির শরীরটা পাথরের মত শক্ত আর ঠান্ডা হয়ে আছে। গায় বাচ্চুর কিনে দেওয়া নতুন চুড়িদারটা কোনোক্রমে লেপ্টে আছে। চুড়িদারের প্যান্ট ওড়না আর ব্লাউজটা মেঝের উপর পড়ে আছে। আর পড়ে আছে একটা খালি বিষের কৌটা। বাচ্চু ওর মড়া মুখে আবারও কয়েকটা চুমু খেয়ে নিল। আবারও খানিকটা মদ নিজের গলায় ঢেলে নিল। চিঠিটা পকেটের মধ্যে রেখে। অভিমানের সুরে বলতে লাগলো
- ঠিক আছে তুই তোর পথ দেখে নিয়েছিস। এবার আমি আমার পথ দেখে নেব। তোর সাথে তো আমার পথেরই সম্পর্ক।
বাচ্চু আড়চোখে একবার কোনা ভাঙ্গা আয়নার দিকে তাকিয়ে দেখল, তারপর এক টানে সেটাকে হিঁচড়ে নামিয়ে মেঝেতে আছাড় মারল। ভাঙ্গা আয়নার টুকরো গুলো মুহূর্তে ঘরের চারিদিকে ছড়িয়ে পড়ল। বাচ্চু মদের বোতলটা নিয়ে সেই ভাঙ্গা আয়নার টুকরোয় উপর দিয়েই টলোমলো পায় দরজা খুলে বাইরে এসে দাঁড়ালো।

2
দ্বিতীয় অধ্যায়

গতকাল দুপুরের পর থেকে রুমকি একাই ছিল ঘরে। এদিকে সন্ধ্যা হয়ে আসছে, রুমকি ঘরে থাকা একমাত্র একটি টিম টিমে এলইডি আলো জ্বালিয়ে চুপচাপ খাটের উপরে বসে আছে। মনের মধ্যে হাজার হাজার চিন্তা ঘুরপাক খাচ্ছে। দরজাটা আলতো করে ভেজানো। এখন রুমকির কোন কাজ নেই। তবু বসে বসে সারাদিন ঘরটাকে যথাসম্ভব গুছিয়ে রেখেছে। এ ধরনের বাউন্ডুলে একা পুরুষ মানুষদের ঘর কেমন একটা নরক সুলভ চেহারা থাকে। বাচ্চুর ঘরটাও তার থেকে আলাদা কিছু নয়। খাটের নিচে একগাদা দেশি মদের খালি বোতল ছড়ানো। মেঝেতে কয়েক হাজার বিড়ির অবশিষ্টাংশ। আরশোলা, টিকটিকি, মাকড়সা, কি নেই ঘরে! খাটের উপরে চাদরটা সম্ভবত আজন্মকাল কোনদিন কাচা হয়নি। যে কোন ঘরে কোন মহিলার হাতের ছোঁয়া না পড়লে যেন ঘরের প্রাণটাই থাকে না। রুমকি দুপুর থেকে একটু একটু করে পুরো ঘরটা সাজিয়ে রেখেছে। দড়িতে ঝুলে থাকা বাচ্চুর লুঙ্গি, দুটো আন্ডার প্যান্ট, একটা শত ছিদ্র গেঞ্জি, একটা জামা, একটা ফুল প্যান্ট, একটা টি-শার্ট, গামছা আরো টুকিটাকি এটা ওটা রুমকি যথাসম্ভব গুছিয়ে রেখেছে আর কিছু কেচে মেলে দিয়েছে। তার সাথে কেচে দিয়েছে বাচ্চুর রুমকিকে আগের দিন পরিয়ে দেওয়া টি-শার্ট আর ট্রাকসুটটা। ওই টি-শার্টটা আর ট্রাকসুটটা হাতে নিয়ে রুমকির কখনো চোখে জল চলে এসেছে, কখনওবা মুখ লজ্জায় লাল হয়ে উঠেছে কখনো বা এক চিলতে হাসি খেলে গেছে ওর মুখে। ওকে জামাকাপড় এত যত্ন করে কোনদিন আর কেউ পরিয়ে দিয়েছে বলে মনে করতে পারছে না। কিন্তু বাচ্চু যে ওর কেউ নয়! কিন্তু সম্পূর্ণ একজন অজ্ঞাত পুরুষ মানুষ এভাবে ওকে সমস্ত জামা কাপড় পাল্টে দেওয়াটাও ভীষণ লজ্জার ব্যাপার। পুরো ব্যাপারটাই রুমকির কাছে একটা ঘোরের মতো।

রুমকি বসে বসে যখন এইসব ভাবছে, তখন বাচ্চু হাতে বেশ কয়েকটা ছোট বড় প্যাকেট নিয়ে দরজা ঠেলে ঘরে ঢুকলো। রুমকি কৌতুক করে বলল,

- ঘরে একজন মহিলা আছে, আওয়াজ দিয়ে ঘরে ঢুকতে হয় তো!

বাচ্চু হে হে করে হেসে বললো,

- আসলে কোনদিন অভ্যেস নেই তো, তাই ওই মানে ওই আর কি!...

বাচ্চু যেন খানিকটা অস্বস্তিতে পড়ে যায়। রুমকি বলল,

- আরে না না এটাতো তোর ঘর। তুই তোর ঘরে আওয়াজ দিয়ে আসবি, না আসবি, সেটা তোর ব্যাপার। আমি তেমন কিছু বলিনি। ইয়ার্কি করলাম আর কি। আর তাছাড়া......!

বলেই রুমকি থেমে যায়। বাচ্চু বুঝতে পারে যে রুমকি কোন গভীর অভিমান লুকানোর চেষ্টা করছে। বাচ্চু বলল

-তাছাড়া কি? বল। রুমকি বলল কিছু না। বাচ্চু আর কথা বাড়ায় না বাচ্চুর চোখেমুখে তখন একটা অদ্ভুত আনন্দের ঝিলিক।

বাচ্চু বলল - দেখ দেখ কি এনেছি।

রুমকি বলল - মনে তো হচ্ছে অনেক কিছু নিয়ে এসেছিস। এতসব কি শুনি। দেখা দেখি কি এনেছিস!

বাচ্চু প্রথমে যে প্যাকেটটা রুমকির হাতে দেয় তাতে খানিকটা চাল আর কয়েকটা আলু। আর একটা কালো প্লাস্টিকে খানিকটা মুরগির মাংস।

রুমকি বলে - এই সন্ধ্যা বেলা এখন মাংস কি করতে এনেছিস? আর এসব রাঁধার জন্য যা লাগবে সে সব জিনিসই বা কোথায়?

বাচ্চু বলল,

- কি জিনিস লাগবে সে তো আমি জানিনা তাই কিছু আনিনি। আর এই দেখ এটার মধ্যে কিছু মুরগির ছাঁট আছে গলা ছাল আর কচকচি, এগুলো দিয়ে মালের চাট বানাবো ভেবেছি। তুই শুধু চাট খাবি আর আমি মালের সাথে খাবো।

বলে রুমকির হাতে আরো একটা প্যাকেট আর মদের বোতল দেয়।

রুমকি বলল,

- যদি আজ রাতে মদ খাবি তো আমি আজ রাতেই এখান থেকে চলে যাব মনে থাকে যেন।

বাচ্চু বলল,

- সে ঠিক আছে, তুই যখন বলছিস সে না হয় খাব না। কিন্তু তুই বল আর কি লাগবে মাংস রাঁধতে। আমি দৌড়ে গিয়ে নিয়ে আসছি।

রুমকি বুঝতে পারল যে বাচ্চু এখন ওকে পেয়ে খুব আনন্দে আছে। রুমকি বলল,

- দাঁড়া দাঁড়া বলছি। তোর হাতে ওটা কি? আর কি এনেছিস?

বাচ্চু তখন শেষ প্যাকেটটা রুমকির হাতে দেয়। ওর মধ্যে একটা চুড়িদার। হলুদ রংয়ের চুড়িদার সাথে সবুজ প্যান্ট আর ওড়না। রুমকি বললো,

- বাব্বা এতকিছু তুই কার জন্য করছিস? আমি কি তোর বউ?

বাঙ্চু আবারও যেন লজ্জা পেল। বলল,

- না মানে ওই আর কি।

রুমকি বলল - ওই আর কি মানে কি বলতে চাইছিস, ঠিক করে পরিষ্কার করে বল।

বাঙ্চু বলল - কিছু না তুই পর না এটা , দেখি কেমন দেখতে লাগে!

রুমকি বলল,

- কেন আমাকে দেখার এত সাধ কেন তোর? কিসের এত সোহাগ উতলে উঠছে শুনি!
হঠাৎ মুখ ফসকে সোহাগ কথাটা বেরিয়ে পড়তেই রুমকি নিজেই যেন লজ্জায় লাল হয়ে
উঠলো।

বাঙ্চু বলল,

- পর না, পর না, একটু দেখি।

রুমকি বলল,

- তা হাঁ করে এখানে দাঁড়িয়ে থাকলে আমি কি করে পরবো শুনি। আমি কি এখন তোর
সামনে দাঁড়িয়ে জামা কাপড় সব খুলবো নাকি!

বাঙ্চু লজ্জা পেয়ে অপ্রস্তুতের মতো বলল,

- তা ঠিক আছে আমি বাইরে যাচ্ছি তুই এগুলো পরে আমাকে ডাকবি কিন্তু। বলে বাঙ্চু
ধীরে ধীরে বাইরে চলে গেল যাওয়ার সময় দরজাটা ভেজিয়ে দিল। রুমকি তাকিয়ে
দেখলো দরজাটা বাঙ্চু ঠিক করে বন্ধ করলো কিনা। আসলে ওটা কে দরজা না বলাই
ভালো। না আছে ছিটকিনি না আছে অন্য কোন কিছু। জাস্ট একটা ভাঙ্গা টিনের আড়াল
মাত্র। রুমকি শাড়িটা খুলতে খুলতে আড়চোখে কয়েকবার দরজাটা দেখে নিল। নাঃ
দরজার কাছাকাছি বাঙ্চু দাঁড়িয়ে নেই। রুমকি শাড়ি আর সায়াটা খুললেও ব্লাউজটা
আর খুললো না , কারণ ওর অন্তর্বাস নেই। তাই ওই ব্লাউজের উপরেই চুড়িদারটা পরে
নিল। চুড়িদার পরতে গেলে একটা প্যান্টির দরকার হয়। কিন্তু বাঙ্চুর সে সম্বন্ধে কোন
ধারণা না থাকার জন্য তেমন কিছুই আনেনি। রুমকি প্যান্টটা এমনি বিনা প্যান্টিতে
পরে নিল। চুড়িদারটা খুব একটা ভালো ফিটিং হয়নি কিন্তু মোটামুটি চলে যাবে বলে
মনে হলো। ঘরে কোন বড় আয়না নেই। শুধু মাত্র দেওয়াল থেকে একটা ছোউ কোনা
ভাঙ্গা আয়না কাত হয়ে ঝুলে রয়েছে। যাতে কোনো রকমে মুখটাই শুধু দেখা সম্ভব।
সেটা নিয়ে বাঙ্চু দাড়ি কাটে। যাইহোক রুমকি সেটাকেই নিয়ে ঘুরিয়ে-ফিরিয়ে বোঝার
চেষ্টা করে চুড়িদারটা সঠিক কেমন লাগছে। ঘরের মধ্যে এলইডির মিনমিনে আলো
আর ওই ভাঙ্গা ঝাপসা ছোউ আয়নাতে দেখে রুমকি মনে মনে ভাবল একটা সবুজ টিপ
হলে এর সাথে বেশ মানাত। কিন্তু সে কথা ও বাঙ্চু কে কিছুতেই বলতে পারবে না কারণ
বাঙ্চু এখন পর্যন্ত যা করেছে, সেটা কোন দিন কোন কেউ ওর জন্য করেছে বলে ওর
মনে পড়ে না। আজন্ম ও শুধু লাথি ঝাঁটা খেয়ে জীবন অতিবাহিত করেছে।যেখানেই ও
গিয়েছে সেখানেই নাকি শুধুই সর্বনাশ নেমে এসেছে।

রুমকি স্পষ্ট বুঝতে পারছে , যে বাস্তু এত সব জিনিস নিঃসন্দেহে কারো কাছ থেকে পয়সা ধার করে নিয়ে এসেছে। কারণ বাস্তুর কাছে সকালেও কোন পয়সাই তো ছিল না। তাও কোথা থেকে দুপুরের খাবার, ডিটারজেন্ট, সাবান, বড় চিরুনি, মাথার সুগন্ধি তেল ইত্যাদি নিয়ে এসেছিল! রুমকি বাস্তুকে হাঁক দিল

- আয় ভেতরে আয়, বাস্তু দরজা ঠেলে ভেতরে ঢুকে রুমকির দিকে হাঁ করে তাকিয়ে রইল।

রুমকি বলল

- কিরে ভূত দেখছিস নাকি পেল্লী! বলে বাস্তুর পেটে হাত দিয়ে হালকা চিমটি কাটে।

-"তোকে খুব ঘ্যামা লাগছে মাইরি"

বলে বাস্তু এক পাটি দাঁত বার করে। রুমকি বলে,

- যাঃ, যা না কেলে পেল্লী তার আবার রূপ।

বাস্তু - তুই আমার সাথে প্রেম করবি মাইরি।

রুমকি - দেখো কথার কি ছিরি। প্রেম করবি! জানিস না আমি অন্য কারোর বউ! আর প্রেম করলে তো বিয়ে করতে হবে। আর বিয়ে করে খাওয়াবি কি?

বাস্তু - সে তো ছিলি এখন তো ছেড়েছুড়ে চলে এসেছিস মানে কাটাকাটি। আর খাওয়া সে হয়ে যাবে খন।

রুমকি - ফালতু বকিস না , এখন যা সব জিনিসপত্র লিখে দিচ্ছি সেগুলো নিয়ে আয় রান্না করতে হবে।"

রুমকি ভালই বুঝতে পারছে বাস্তু যা বলছে ফালতু কিছুই বলছে না সত্যি সত্যি ও মন থেকে বলছে।

বাস্তু - তোর কপালটা খালি খালি লাগছে একটা টিপ হলে ঘ্যামা জমত। আসার সময় মোড়ের দোকান একপাতা থেকে টিপ নিয়ে আসব?

রুমকি - আনবি! আনিস তাহলে!

কথাটা বলতে বলতেই রুমকির যেন গলাটা ধরে এলো। একটু আগে ও নিজেই মনে মনে একপাতা টিপ এর কথা ভাবছিল। সেই কথাই যেন বাস্তুর মুখ থেকে বেরিয়ে এলো। আজ পর্যন্ত ওর সুবিধা-অসুবিধা ভালো-মন্দ খবর কেউ কোনদিন রাখেনি। তাই সামান্য এক পাতা টিপের কথাও যেন ওর বুকে মোচড় দিয়ে উঠলো।

বাস্তু - দোকানদারকে কি বলব মাইরি। ওসব গুছিয়ে বলতে পারব?

রুমকি - গিয়ে বলবি পাঁচ টাকা দামের একপাতা টিপ দাও ডিপ সবুজ রঙের। এইটুকু সাইজের।

বলে রুমকি আঙুলের মাধ্যমে সাইজটা দেখায়।

এরপর দুজনে বসে বসে রান্নার জন্য আর কি কি লাগবে সেই লিস্ট করতে লেগে পড়ে।

3
তৃতীয় অধ্যায়

রুমকি ডায়রি থেকে একটা পাতা ছিঁড়ে নিয়ে রান্নার জন্য লিস্ট তৈরি করছিল। তেল মশলা কি কি লাগবে। এদিকে যখন রুমকি লিস্ট তৈরি করছিল বাচ্চুর মন ছিল অন্য জগতে। বাচ্চু শুধু হাঁ করে রুমকিকেই দেখে যাচ্ছে। আর একটু একটু করে সরতে সরতে প্রায় রুমকির গায়ের কাছে চলে এসেছিল। রুমকি বললো ঐটুকু মাংস চার পাঁচ টুকরো হবে ওটাকে আর আলাদা করে রান্না করে লাভ নেই বরং ছাঁটের সাথে একসাথে মিশিয়ে দুটো আলু দিয়ে কষা করলে ভালো হবে। বাচ্চু কোন কথাতেই প্রতিবাদ করল না। অবশেষে লিস্ট তৈরি হওয়ার পরে রুমকি আবার মিলিয়ে দেখে নিল সরষে তেল, পেঁয়াজ , রসুন , আদা , লংকা, গরম মশলা, জিরে হলুদ গুঁড়ো ইত্যাদি ইত্যাদি সব ঠিকঠাক আছে কিনা। বাচ্চুর হাতে লিস্টটা ধরিয়ে দিয়ে, রুমকি বাচ্চুর হাতটা ধরে বলে,
- সত্যি করে বলতো তুই টাকা কোথায় পেলি?
বাচ্চু বলল - ওসব দিয়ে তোর কি হবে, ও আমি ম্যানেজ করেছি। রুমকি বুঝতে পারলো এভাবে কাজ হবেনা রুমকি কপট অভিমান দেখিয়ে বললো,
- বলবি না তো! ঠিক আছে ! যাঃ তুই - যা পারিস কর আমার আর কি! আমি তো দুদিন আছি আর দুদিন বাদে থাকবো না।
বাচ্চু রুমকিকে রাগ করতে দেখে তাড়াতাড়ি থপ করে ওর হাতটা ধরে বলল,
- এই না না রুমকি রাগ করিস না। রাগ করিস না ,বলছি দাঁড়া। আমি খোকন দার থেকে দুশো টাকা ধার নিয়েছি আর আজকের রোজগার তিনশ টাকা। পাঁচশ টাকার মধ্যে তোর তিনশ টাকার চুড়িদার আর বাংলা পঞ্চাশ টাকা, চাল আলু ষাট টাকা , বাকি মাংস আর ছাট দোকান থেকে থোকনদাকে বলে এমনি চেয়ে এনেছি। বাকিরা তো সবাই মাঝেমধ্যে নেয় আমি তো কোনদিন নিই না। আমি তো কোনদিন নিজে ঠিক করে রান্না করে খেতে পারিনা তাই মাংস দিয়ে কি করব! তাই থোকনদা মানা করেনি। বাকি নব্বই টাকা পুরোটাই এখনো আছে ।

রুমকি শাসন করারে ভঙ্গিমায় বলে - এমন করে করলে হবে। অকারণে ধার-দেনা করারর কি দরকার ছিল। আমি ভারী দু চারদিন এখানে থাকবো তারপর কোথায় না কোথায় চলে যাব তার ঠিকানা নেই। তার জন্য এত সব পাগলামো করার কোন মানে নেই। রুমকির কথা শুনে বাচ্চুর চোখ দুটো ছল ছল করে উঠলো।

-তুই সত্যি বলছিস রুমকি, তুই চলে যাবি?

রুমকি বলল - যাব না তো কি ! আমি তোর ঘরে সারা জীবন বসে থাকবো! কোথাও তো আমাকে যেতেই হবে।

বাচ্চু বলল - আমি তোর কেউ না, তাই না!

রুমকি বলল - তা কে তুই আমার, কি তোর পরিচয় আর কি আমার পরিচয়!

বাচ্চু বলল - সে ঠিক কথা কিন্তু.......,

রুমকি বলল- কি তখন থেকে কিন্তু কিন্তু করে যাচ্ছিস। কিছু বলার থাকলে স্পষ্ট করে বল।

বাচ্চু - না বলছিলাম মানে তুই কি সত্যিই এখানে থেকে যেতে পারিস না? তোকে কি যেতেই হবে ? আমি সত্যি সত্যি তোর কেউ হই না, সে কথা ঠিক। কিন্তু তাই বলে আমাকে কি তুই কেউ বলে ভাবতেই পারবি না? আর তাছাড়া তুই যাবিই বা কোথায়? রুমকি বলল,

- কি যা তা বকছিস? জানিস তো আমি কারো খেদানো বউ । কারো খেদানো মেয়ে । জীবনভর শুধু তাড়া খেয়ে গেলাম। তোর এখানে দুদিন থাকবো দুদিনের পরে তুইও আমায় তাড়িয়ে দিবি। তাই আস্তানা খুঁজে আগেভাগে চলে যাওয়াই ভালো নয় কি ? আর আমার পক্ষেও থাকা সম্ভব হবে বলে মনে হয় না। কি পরিচয়ে থাকবো তোর সাথে?

বাচ্চু বলল - বিশ্বাস কর মা কালীর দিব্যি তোকে আমি আমার জীবন থাকতে তাড়াতে পারবো না। আর পরিচয়টা আমরা বানিয়ে নিতে পারিনা?

একথা বলেই বাচ্চু ঝপ করে রুমকির হাতটা জাপ্টে ধরে । বাচ্চুর গাল বেয়ে দু ফোটা জল টপটপ করে রুমকির হাতে এসে পরল।

রুমকি অন্যদিকে মুখ ঘুরিয়ে বলল - যা - যা সেসব পরে দেখা যাবে। এখন গিয়ে জিনিস পত্র গুলো নিয়ে যা। পুরুষ মানুষের চোখে আবার জল ! আদিখ্যেতা সহ্য হয় না । যা যা যা...

    বলতে বলতে রুমকির গলা প্রায় বুজে এসেছিল। কোনরকমে বাচ্চুকে এখন তাড়িয়ে দিতে পারলে বাঁচে। না হলে ওর সব দুর্বলতা ধরা পড়ে যাবে। কিন্তু কোন রকমে নিজেকে সামলে নিল। বাচ্চুও ধীরে ধীরে উঠে লিস্টটা হাতে নিয়ে ঘর থেকে বেরিয়ে গেল। বাচ্চু বেরিয়ে যেতেই রুমকি আর নিজেকে সামলে রাখতে পারল না। একটা চাপা কান্না ওর গলা থেকে মুচড়ে উঠে এলো। কি করবে রুমকি কিছুই বুঝতে পারছেনা। বাচ্চু যে সত্যিই ওর প্রেমে পড়ে গেছে সে কথা না বোঝার মত অবুঝ রুমকি নয়। কিন্তু রুমকি নিরুপায়। রুমকির সামনে এগিয়ে যাওয়ার জন্য কোন রাস্তা নেই সারা

পৃথিবীতে কোথাও ওর ঠাঁই নেই। পেছনে ফিরে যাওয়ার রাস্তাও নেই। সত্যি বলতে একমাত্র এখন যেখানে দাঁড়িয়ে আছে সেই জায়গাটাই এক রাতের মধ্যে কেমন জানি মায়া পড়ে যাচ্ছে। কিন্তু সেখানেও কোন সম্পর্কের বাঁধন নেই। মাত্র কয়েক ঘন্টার ভেতরে একটা বিশ্বাসযোগ্য সম্পর্ক তৈরি করা কি করে সম্ভব?

রুমকি মিনিট পাঁচেক প্রাণ খুলে কেঁদে নিল। তারপর ওড়নাটা দিয়ে চোখটা মুছে নিতে গেল। সবুজ ওড়না বাস্তুর দেওয়া। বাস্তু ভালোবাসার চিহ্ন। রুমকি চোখের জল মুছে ওড়নাটা গালে বুলিয়ে নিল।

প্রায় পনের মিনিট পরে বাস্তু এল। সমস্ত জিনিসপত্র নিয়ে। পলিথিনের প্যাকেট কটা রুমকির হাতে দিয়ে টিপের পাতাটা আলাদা করে দিল। টিপের পাতাটা নিয়ে রুমকি দেখল ও যে সাইজের বোঝাতে চেয়েছিল তার থেকে সামান্য বড় টিপ গুলো কিন্তু রুমকি বিশেষ কিছুই আর বলল না। একটা টিপ নিয়ে আয়নাটা টেনে নিয়ে টিপটা পরে নিল। টিপটা পরতে পরতে বাস্তুকে বলল - ভাঙা আয়নায় মুখ দেখতে নেই জানিস! তাতে নাকি সংসারের অমঙ্গল হয়।

বাস্তু বলল,

- আমার আর সংসার কোথায়। তবে তুই যদি থাকিস তো কালকেই আয়নাটা পাল্টে ফেলব। তারপরে বাস্তু আবদারের সুরে বলল,

- থাকবি তো তুই? থাক না আমরা সংসার পাতবো।

রুমকি বলল

- সে দেখা যাবে খন। এখন তো রান্না হোক।

বাস্তু প্রায় আনন্দে চিৎকার করে উঠল,

- ইয়েস--!!

বলে মুখে একটা দুষ্টুমি হাসি ছড়িয়ে বলল,

- তুই চোখ বন্ধ কর। রুমকি বলল কেন কি হবে? বাস্তু বলল বন্ধ কর না।

রুমকি অবশেষে বাধ্য হয়ে চোখ বন্ধ করলো। বাস্তু বলল,

- হাঁ কর।

রুমকি হাঁ করলে মুখের মধ্যে কিছু একটা ঢুকিয়ে দেয়। রুমকি মিষ্টি স্বাদের সুখ বুঝতে পারল মুখের মধ্যে একটা ছোট্ট চকলেট

- এটা কি হলো?

বাস্তু বলল

- তুই আমার সাথে থাকতে রাজি হয়ে গেলি তাই মিষ্টিমুখ।

রুমকি বলল

- আমি আবার কখন তোর সাথে থাকতে রাজি হলাম।

বাস্তু বললো

- ওই তো তুই বললি , "দেখা যাবে খন" তার মানেই তাই।

রুমকি বলল - যাঃ পাগল কোথাকার। তোর সাথে সংসার করতে আমার বয়েই গেছে!

এরপর রুমকি লেগে গেল রান্না করতে একটা ছোট স্টোভ। সেটাকে জ্বালিয়ে ভাতটা চড়িয়ে দিল। ছোট একটা ছুরি দিয়ে আলু ছাড়াতে লাগলো। বাচ্চু উঠে খাটের উপর বসল। বলল,

- জানিস রুমকি কোনদিন ভাবি নি এই কড়াইয়ে মাংস রান্না হবে। ওই সেদ্ধ ভাত ছাড়া কোনদিনই কিছু রান্না হয়নি। যদি কোনদিন কিছু খেতে ইচ্ছা করতো, তখন হোটেল ছাড়া সেই উপায় কিছু ছিল না। এখন আমাদের ঘরে প্রতিদিন কিছু না কিছু রান্না হবে। তুই রান্না করবি আর পরের দিন কি খাবি বলে দিবি আমি নিজে কাজ থেকে ফেরার সময় নিয়ে আসবো। আমরা দুজন একসাথে খাব.....

কথার পৃষ্ঠে কথা এগিয়ে চলে। রুমকি মাংস করতে এক টুকরো মাংস স্টিলের একটা বাটিতে তুলল। সেটা বাচ্চুর দিকে এগিয়ে বলল দেখ তো ঝাল নুন সব ঠিক আছে কিনা। বাচ্চু বলল সে আর আমি কি জানি! আমি অতশত বুঝিনা শুধু বলতে পারব ভালো লাগছে, নাকি লাগছে না।

রুমকি বলল,

- ঠিক আছে তাই বল। বাচ্চু বাটিটা হাতে নিয়ে এক টুকরো মাংস ছিঁড়ে মুখে পুরে বলল,

- ঘ্যামা হয়েছে মাইরি। একেবারে আমার মার হাতের রান্নার মত। তার মানে তুই হেব্বি রান্না করিস। বলেই মাংসের বাকি টুকরোটা রুমকির মুখের সামনে ধরে। রুমকি এতটা ভাবেনি। তাই খানিকক্ষণ বাচ্চুর মুখের দিকে তাকিয়ে রইল। বাচ্চু বলল নে থা'না থা দেখ হেব্বি হয়েছে। রুমকি হাত বাড়িয়ে মাংসের টুকরোটা ধরতে যায়। কিন্তু বাচ্চু ওর হাতটাকে সরিয়ে দিয়ে বলে

- মুখ হাঁ কর।

রুমকি বাচ্চুর উষ্ণ ব্যবহারে ভেতরে ভেতরে মাখনের মত গলে যেতে শুরু করেছে। হঠাৎ বলে উঠল,

- তোকে আমি মাংস খাইয়ে দিয়েছি তুই আমাকে ভাত মেখে খাইয়ে দিবি মাইরি? সেই কবে ছোটবেলায় মা দুই একবার খাইয়ে দিয়েছিলো ঠিক মনে পড়ে না। বলনা দিবি...?

প্রায় দশটা বাজে। পাড়ার বিভিন্ন বাড়ি থেকে টিভির আওয়াজ ভেসে আসছে - "কহেনা হি ক্যয়া, ম্যেয় এক আনজান সে যো মিলে।" বাচ্চুর ঘরে টিভি নেই। তাই টিভি দেখার কোন প্রসঙ্গ ও নেই। পাড়ার মোড়ে কতগুলো কুকুর হঠাৎ ঘেউ ঘেউ করে ডেকে উঠল। কেউ একটা সেই গানের সুরে বেসুরো গলায় গাইতে গাইতে চটি জুতোর ফটাং ফটাং আওয়াজ তুলে ঘরের সামনে দিয়ে চলে গেল। গানটার অনুরণন ততক্ষণে ছড়িয়ে পড়েছে বাচ্চু আর রুমকি মধ্যে। সত্যি কি করে একে অন্যের কাছে সবকিছু মেলে ধরবে। পাশাপাশি দূরত্ব বজায় রাখার ব্যর্থ প্রচেষ্টা নিয়ে বাচ্চুর একার ছোট খাটে দুজন শুয়ে আছে। কেউ কিছু বলছে না শুধু দুজনে চুপচাপ শুয়ে আছে। ওদিকে ঘরের কোনায় ডাঁই করা এঁটো বাসন-কোসন গুলো সম্ভবত ইঁদুর বা ছুঁচো খুটখুট

করে নাড়াচাড়া করে চলেছে। বাঙ্গু অন্য কোন কথা খুঁজে না পেয়ে হঠাৎ বলল
- রুমকি ঘুমিয়ে পড়েছিস ?
রুমকি বলল - না।
বাঙ্গু বলল,
- জানিস গ্রাম ছাড়ার পর এই প্রথম কেউ আমাকে এত যত্ন করে খাওয়াল। আজ মাকে ভীষণ ভাবে মনে পড়ছে। মাও ঠিক এমনি করে খাইয়ে দিত।
রুমকি এসব কথার কোন জবাব দিচ্ছে না। তখন ওর মনের মধ্যে চলছে "কহেনা হি ক্যায়া ম্যেয় এক আনজান সে যো মিলে"। শুধুমাত্র চালে লাগানো এক খন্ড অর্ধস্বচ্ছ ফাইবার গ্লাসের মধ্য থেকে আসা এক টুকরো ঝাপসা স্ট্রীট লাইটের আলো, আর রুমকির চুলের থেকে বাঙ্গুর এনে দেওয়া তেলের ফুলেল সুবাস টাই যেন জেগে আছে।

4

চতুর্থ অধ্যায়

আয়না টাকে ওভাবে হ্যাঁচকা টানে মাটিতে ছুড়ে ফেলার পর সেটা থানখান হয়ে ছড়িয়ে গিয়েছিল চারিধারে। বাচ্চু টলতে টলতে বাইরে বেরিয়ে যখন দাঁড়ালো, তখন ওর পা থেকে ফোঁটা ফোঁটা রক্ত গড়িয়ে পড়েছে মাটিতে। কয়েক টুকরো ভাঙ্গা আয়নার কাঁচ ফুটে আছে বাচ্চুর পায়ে। তাতে ওর কোনো ক্ষেপ নেই। বাইরে এসে দাঁড়িয়ে আবার খানিকটা মদ ঢেলে নিলো গলায়। বলতে লাগলো,

- যা, যা যেখানে গেছিস যা। আমার আর কি আমি কাল ছিলাম একা ছিলাম, আজও একা। যাঃ যাঃ।

বাচ্চু স্বগতোক্তি করতে করতে ধপ করে বসে পড়ে।

সাধারণ ভাবে বাচ্চু কোনদিন সকালবেলা মদ খায় না। পাড়ার লোক দিনের বেলায় ওকে এভাবে দেখতে অভ্যস্ত নয়। তার উপরে পায়ের থেকে গড়িয়ে পরা রক্তের ফোঁটা গুলো, আর মুখের কথাগুলো, সবার নজর ফেরায় ওর দিকে। কালু নামের মুস্কো ছেলেটা পিট পিটে চোখ করে বাচ্চুর দিকে তাকিয়ে বলে,

- কি হলো বাচ্চুদা আজ সকাল সকাল যে মাল ঢালছে গলায়? আর পায়ে ওটা কি হলো, রক্ত পড়ছে যে?

বাচ্চু কোন কথার জবাব দিল না শুধু ঘাড় ঘুরিয়ে একবার দরজাটার দিকে তাকালো। ট্যাপ কলে জল ভরতে থাকা নানী উঠে এসে বাচ্চুর সামনে দাঁড়ালো

- কিরে বিটুয়া তোর এরকম হাল কেন? কি হয়েছে? সকাল সকাল হাত পা কেটে, আর ছাইপাশ গিলে কি শুরু করেছিস?

বাচ্চু নানীর কথা তো কোন ক্ষেপই করলো না। এতেই নানীর মেজাজ আরো চরমে উঠে গেল অশ্রাব্য ভাষায় গালাগাল করে পাড়া মাত করা শুরু করল। দেখতে দেখতে কিছু পরিচিত-অপরিচিত কৌতূহলী মুখ সেখানে জড়ো হয়ে গেল। বাচ্চুর ভঙ্গিতে কারো বুঝতে অসুবিধা রইলো না যে কিছু একটা অস্বাভাবিক ঘটনা ঘটেছে। পাশের বাড়ির

"

কানাই দার বউ আর নানী দরজা ঠেলে ভেতরে ঢুকলো। ভেতরে ঢুকেই ওদের চক্ষু চড়কগাছ ওখানে একটি প্রায় নগ্ন একটা মেয়ে চিৎ হয়ে মরে পড়ে আছে। শুধু বুকের উপরের লেপ্টে থাকা চুড়িদার টুকু ছাড়া সারা শরীরে আর কিছুই নেই। দেখামাত্র নানী তারস্বরে চেঁচাতে শুরু করল, এই দেখ হাড় হাভাতের ব্যাটা কোথা থেকে একটা মাগীকে ধরে এনে ভুলভাল কাজ করে খুন করে ফেলেছে। নানীর চিৎকার শেষ হতে না হতেই ঘরের মধ্যে হড়মুড়িয়ে গাদা গুচ্ছের মেয়ে পুরুষ ঢুকে পড়ল যারা ঢুকতে পারল না তারা উঁকিঝুঁকি মারতে শুরু করল। তাদের চোখেমুখে একটা অশ্লীল ইঙ্গিত সুস্পষ্ট। কিছু সন্ডামার্কা ছেলে বাচ্চুকে ঘিরে ধরে মারতে শুরু করলো। মুহূর্তে বাচ্চুর হাত থেকে মদের বোতল ছিটকে পড়ল রাস্তার ধারে। একটা বারো সিক্কা ঘুসি সপাটে পড়ল বাচ্চুর গালে। মুহূর্তে ঝনঝনিয়ে একটা দাঁত থসে পড়ল। তারপর একটা লাথি কয়েকটা ঘুসি , কত গুলো লাঠির বাড়ি অবিরত শরীরটাকে নিয়ে ছিনিমিনি খেলতে শুরু করলো। একটা কেউ চিৎকার করে উঠলো - মালটা রেপিস্ট, ওর রেপ করার যন্ত্রটা ছিঁড়ে নিতে হবে। বলা শেষ হতে না হতেই, কারো একটা লাথি এসে পড়ল ওর যৌনাঙ্গে। সমস্ত শরীরটা কঁকিয়ে উঠলো। তারপর দমাদম কয়েকটা লাঠির বাড়ি। দরদরিয়ে রক্ত। কেউ একজন একটা ইট এনে বাচ্চুর হাঁটুর উপরে সজোরে মারলো। একটা ছোঁড় 'মটাং' শব্দ হয়ে বাচ্চুর ডান পায়ের হাঁটুটা ভেঙে গেল। বাচ্চুর উঠে দাঁড়ানোর আর কোনো ক্ষমতা রইল না। মুখ থুবড়ে পড়লো মাটির উপরে। কেউ একটা কানের উপরে পায়ের গোড়ালি দিয়ে সজোরে লাথি মারল। এরপর বাচ্চুর দেহটা নিয়ে আর কি কি খেলা চলল সে কথা বাচ্চু আর জানতে পারল না।

পুলিশ যখন আসলো তখন বাচ্চুর ক্ষতবিক্ষত দেহটা পড়ে আছে ঘরের সামনে রাস্তার ওপরে। আর রুমকির নগ্নপ্রায় শরীরটাকে ঘিরে কৌতুহলী মানুষের ভিড়। পুলিশ এসে সবাইকে ঘর থেকে বার করে দেয়। নানী পুলিশের দিকে কয়েকবার তেড়ে গেল, পুলিশ তাকে ধমকে ফেরত পাঠায়। এরপর পুলিশ ধীরে ধীরে সমস্ত কিছুর জরিপ করতে থাকে। বিষের শিশি মেঝেতে পড়ে থাকা রুমকির জামাকাপড় রাত্রের এঁটো বাসন। ভাঙা আয়না। বিছানার চাদর সবকিছু।

পুলিশ ভ্যানে বাচ্চুর দেহটাকে ছেঁচড়ে তোলা হয়। অন্য একটা গাড়িতে রুমকির মৃতদেহ।

বাচ্চুকে নিয়ে পুলিশ গাড়ি প্রথমে হাসপাতাল হয়ে শেষে থানায় আসে। লকাপের মধ্যে ওকে একরকম ছুঁড়ে ফেলা হয়।

আজ লকাপে বাচ্চু ছাড়া কেউ নেই। একটা ছেলে ছিল তাকে কিছুক্ষণ আগে আদালতে নিয়ে যাওয়া হয়েছে। কিছুক্ষণ বাদে একজন লাঠিধারী পুলিশ লকাপের এর মধ্যে ঢুকলো। লাঠিটা দিয়ে বাচ্চুর পেটের মধ্যে জোরে একটা গুঁতো মারল। বাচ্চু যন্ত্রণায় কঁকিয়ে উঠলো। বলল এই হারামির বাচ্চা ঠিক করে আগে বল মেয়েটার সাথে তুই কি কি করেছিস? বাচ্চুর মুখ থেকে কিছু গোঙ্গানির শব্দর বেশি কিছুই বার হলো

না। বাচ্চুকে চুপ থাকতে দেখে লোকটা এলোপাথাড়ি লাঠিচার্জ করতে শুরু করল। মাঝে মাঝে অশ্রাব্য কিছু উক্তি,

- হারামির বাচ্চা পাবলিক তোর বাপের সম্পত্তি খেঁতলে দিয়েছে। ঠিক করেছে।

হঠাৎ বাইরে থেকে একজন বলল আরে ঘোষ, মরে যাবে যে! ঘোষ বলল

- মরলে কি আসে যায় পাবলিক ধোলাই তো খেয়েই এসেছে, সব পাবলিকের নামে চলে যাবে।

বলেই ঘোষ আরো কয়েক ঘা মেরে নিল। বাচ্চার মুখের ভেতর থেকে তখন রক্ত গড়িয়ে আসছে। ওর কানে কোন শব্দ ঢুকছে না। একটা চোখ পুরোপুরি অন্ধকার। অন্য চোখটা ফুলে আছে। সবচেয়ে বেশি আক্রমণের শিকার হয়েছে শরীরের নিম্নভাগে। সহজ যৌন আনন্দ নেওয়ার এই সুবর্ণ সুযোগ হাতছাড়া করবে কোন আহাম্মক। একদিকে ঘরের মধ্যে একটা উলঙ্গ মেয়ের শরীর অবাধে দেখা আর বাইরে একজন পুরুষের যৌনাঙ্গে যা খুশি তাই করা আর এমন সুবর্ণ সুযোগ হাতছাড়া করে নিচ মনোবিকৃত জনতা? বাচ্চুর নিম্নাঙ্গ দিয়ে রক্ত গড়িয়ে ভিজে যাচ্ছে ওর প্যান্ট। হঠাৎ যেন চারিদিকটা আবার অন্ধকার হয়ে এল।

এরপর বাচ্চুর যখন জ্ঞান ফিরলো তখন অসহ্য যন্ত্রণা ময় শরীরটা কোনরকমে নাড়িয়ে চারি দিকে তাকিয়ে দেখলো অন্ধকার নেমে এসেছে একটা টিম টিম আলো জ্বলছে এক কোনায় টেবিলের উপর মাথা নিচু করে ঘুমোচ্ছে একজন উর্দিধারী। আরেকজন দরজার পাশে বসে ঝিমোচ্ছে।

বাচ্চু এসব কিছুই দেখতে চাইছে না । শুধু ওর চোখে শুধু ভেসে উঠছে রুমকির মোহময় মুখটা। দুদিন আগে যখন মাঝরাতে ও নেশার ঘোরে টলতে টলতে ফিরছিল সেন্ট্রাল এভিনিউ ধরে। সোনাগাছি গলি পাশ কাটিয়ে শোভাবাজার ক্রস করে খানিকটা এগোতে একটু অন্ধকার মত জায়গায় মনে হল কে যেন একটা টলতে টলতে হঠাৎ করে পড়ে গেল। প্রথমে ভেবেছিল হয়তোবা ওরই মতো কোনো মাতাল হবে। কিন্তু কাছাকাছি যেতে ওর ভুল ভাঙ্গে। দেখে পুরুষ নয় একটা মেয়ে। রাস্তার মধ্যে টলতে টলতে পড়ে গেছে। ভালো করে বাচ্চু মেয়েটাকে পরখ করছিল শালী কোন বেশ্যা নয়তো। তাহলে কোন সমস্যা নেই। হয়তো কোন কাস্টমারের পাল্লায় পড়ে মাল খেয়ে বেহেড হয়ে গেছে। অন্ধকারে মেয়েটার মুখ ভালো দেখা যাচ্ছে না। এমন সময় পাশ কাটিয়ে যাওয়া একটা গাড়ির আলোয় দেখল নাঃ মুখে কোন প্রসাধনীর চিহ্ন নেই। তার মানে হয়তো সাধারণ বাড়ির মেয়ে। কিন্তু এত রাতে এরকম একটা মেয়েকে নিয়ে কি করবে! ক্রমে বাচ্চুর নেশা ছেড়ে যাচ্ছিল। বাচ্চু উঠে দাঁড়িয়ে আবার হাঁটতে শুরু করল। কিছুদূর যাওয়ার পর বাচ্চুর বিবেক যেন ওকে একটা ধাক্কা মারলো।

- " কিরে রাস্তার উপরে একটা মেয়েকে এমনি ফেলে চলে যাচ্ছিস? বাচ্চু থানিকটা থমকে দাঁড়ালো। পিছন ফিরে দেখল আরো একটা পথচলতি মাতাল মেয়েটার পাশে এসে দাঁড়িয়েছে। বাচ্চু খানিকটা এগিয়ে গেল। মাতালটা ঝুঁকে পড়ে মেয়েটার জামা

কাপড়ের ভেতরে শরীরটাকে হাতড়াতে চেষ্টা করছে। নিমিষে বাম্ছুর নেশা ছুটে গেল। ও দৌড়ে গিয়ে মাতাল টাকে সজোরে একটা লাথি মারলো। হঠাৎ এহেন আক্রমণে সে মাতাল ছিটকে পড়ল মাটিতে। বাম্ছু ওর বুকের উপরে উঠে বসে অন্ধ আক্রোশে লাথি, চড়, কিল মারতে শুরু করে। মাতালটা এক ঝটকায় কোনোক্রমে বাম্ছুকে ঠেলে দিয়ে দৌড়ে পালাতে গিয়ে পাশের নর্দমায় হড়মুড়িয়ে পরে। বাম্ছু এবার ধীরে ধীরে মেয়েটার কাছে এগিয়ে যায়। ওদিকে নর্দমার ভেতর থেকে সেই মাতাল বাম্ছুকে বাপ বাপান্ত করে গালাগাল দিয়ে চলেছে।

বাম্ছু বুঝতে পারল মেয়েটা কোন খারাপ লাইনের মেয়ে নয় কারণ শরীরে তেমন কোনো ছাপ নেই। কাপড় জামা ভিজে সপসপে। মুখ দেখে মনে হচ্ছে বেশ কদিন হয়তো ঠিক করে খাওয়া জোটে নি। শরীরে এখানে সেখানে কয়েকটা কালশিটে দাগ। হয়তোবা কেউ মারধর করেছে। মুখটার দিকে তাকিয়ে বাম্ছুর কেমন জানি মায়া হল। কিন্তু এত রাতে কি বা করবে? এদিক ওদিক বেশ কিছুক্ষণ তাকিয়ে ও কোন সুরাহা দেখতে পেল না। ও বুঝতে পারছিল এখানে যদি মেয়েটাকে ফেলে চলে যায় তাহলে রাস্তার শিয়াল-কুকুরের ওকে ছিঁড়ে খাবে। মনে মনে ঠিক করল মেয়েটাকে নিয়ে ওর খুপড়িতে যাবে তারপর সকাল হয়ে গেলে খোঁজ নিয়ে বাড়ি পাঠিয়ে দেবে। কিন্তু ঘর পর্যন্ত কি করে নিয়ে যাবে। মেয়েটার যে কোন সাড় নেই। বেশ কিছুক্ষণ বাম্ছু ওইভাবে ওখানে ঠাঁয় দাঁড়িয়ে থাকে। মনে মনে ভাবলো যদি ওকে কাঁধে তুলে নিয়ে যাওয়া যায়। এবার কাছে গিয়ে মেয়েটাকে টেনে তোলার চেষ্টা করে। কিন্তু ঐরকম একটা অসাড় দেহকে টেনে তোলা বাম্ছুর কম্য নয়। তাই কিছুক্ষণ টানাহেঁচড়া করে আবার তেমনি রেখে দিয়ে রাস্তার উপরে এসে দাঁড়ালো। দুপাশ থেকে মাঝে মাঝে একটা গাড়ি হুঁস হুঁস করে বেরিয়ে যাচ্ছে। কাউকে হাত দেখানোর সাহস বাম্ছুর নেই। কারণ ও জানে যে যদি একটা ট্যাক্সি ভাড়া করা হয় তাহলে যা ভাড়া উঠবে সেটা দেওয়ার ক্ষমতা ওর নেই। তাই ও অন্য কিছুর কি উপায় করা যায় সেই কথা দাঁড়িয়ে দাঁড়িয়ে ভাবছে। এমন সময় অন্ধকার ভেদ করে মনে হল একটা রিক্সাওয়ালা আসছে। বাম্ছু খানিকটা এগিয়ে গিয়ে রিকশাওয়ালাকে থামালো। তারপর রিকশাওয়ালা আর বাম্ছু দুজনে ধরাধরি করে মেয়েটাকে রিক্সায় তুলল।

5

পঞ্চম অধ্যায়

বাল্টু রিক্সায় উঠে মেয়েটাকে দুই হাত দিয়ে জড়িয়ে ধরলো, যাতে পড়ে না যায়। রিক্সাওয়ালা রিক্সাটাকে চালাতে শুরু করল। মেয়েটি পাশে বসে সম্পূর্ণ শরীর ছেড়ে দিয়েছে। তাই বাল্টু কোনরকমে জাপ্টে ধরে রেখেছে। রিক্সাটা ধীরে ধীরে চালিয়ে এসে বাল্টুর ঝুপড়ির সামনে দাঁড়ালো। বাল্টু রিক্সাওয়ালাকে বলল,

- তুমি পা দুটোকে ধরো আমি বাকি সামলে নিচ্ছি। কিন্তু রিক্সাওআলা বুঝতে পারল বাল্টুর গায়ে সেরকম জোর নেই। তাই রিক্সাওয়ালা এসে মেয়েটার কোমরের কাছটা ধরল আর বাল্টু পিঠ আর মাথাটাকে। দুজনে ধরাধরি করে মেয়েটাকে ঘরের ভেতরে ঢোকালো। রিক্সাওয়ালা ধরেই নিয়েছিল যে এটা বাল্টুর ঘরের লোক তাই ও খাটের উপরে মেয়েটাকে শুইয়ে দিতে যায়। বাল্টু ও কোন আপত্তি না করে ওর মাথাটা নামিয়ে রাখে। ওর একমাত্র তেলচিটে বালিশটা মেয়েটার মাথার নিচে দিয়ে দেয়। পকেট থেকে কুড়িটা টাকা বার করে বাল্টু রিক্সাওয়ালাকে দিয়ে বাল্টু ওকে বিদায় করে। দরজাটাকে ঠেলে বন্ধ করে বাল্টু মেয়েটার কাছে আসে। ঘরের এলইডি ল্যাম্পের আলোয় বাল্টু এই প্রথম ভালো করে মেয়েটার মুখ খুঁটিয়ে দেখল। বোঝাই যাচ্ছে কোনো দরিদ্র পরিবারের মেয়ে। কারণ পড়ে থাকা শাড়িটা দু তিন জায়গায় তালি মারা। ব্লাউজটা অন্তত কয়েক বছরের পুরনো, রং চটা কুঁচকানো। চুলে মুখে কোন যত্নের ছাপ নেই। তবে বিবাহিত, কারণ ও দেখল সিঁথিতে একচিলতে লাল রং উঁকি মারছে। গায়ের রং না ফর্সা না কালো। মুখটাতে অনেকটা কষ্টের ছাপ কিন্তু দেখতে মোটামুটি মন্দ নয়। মুখটা দেখলেই কেমন জানি একটা মায়া হয়। বাল্টু কোন মেয়েকে এভাবে কোনদিন খুঁটিয়ে দেখিনি। দু-তিন মিনিট এভাবে তাকিয়ে থেকে বাল্টুর মনটা হঠাৎ কেমন করে ওঠে। মনে হয় মেয়েটা খুব কষ্টে আছে হয়তো কোন সমস্যায় পড়ে রাস্তায় বেরিয়েছিল। তারপর অসুস্থ হয়ে পড়াতে হয়তো ঘরে ফিরতে পারিনি হয়তো.... হয়তো.... হয়তো... বাল্টুর মানে অসংখ্য হয়তো, যদি, কিন্তু জেগে উঠে।

এরপর বাচ্চু ভালো করে দেখতে দেখতে মেয়েটার শরীরের দিকে নজর পড়ে। গায়ের জামা কাপড় একেবারে ভিজে লেপ্টে আছে শরীরের সঙ্গে, অনেকটা কাঁদাও আছে। মনে হয় এর আগেও কোথাও পড়ে গিয়েছিল হয়তো জল কাদার মধ্যে তাই সারা গা এরকমভাবে ভেজা। এমনকি বাচ্চু যে ওকে এতক্ষণ জাপ্টে ধরে রেখেছিল বাচ্চুর জামা-কাপড় বেশ খানিকটা ভিজে গেছে। কিন্তু এরকম ভেজা অবস্থায় যদি সারারাত থাকে তাহলে তো মেয়েটা হয়তো মরে যাবে। বাচ্চু আলতো করে একবার ওর গলার কাছে হাত রাখে। রিক্সায় আসতে আসতে মনে হয়েছিল মেয়েটার গা'টা যেন বেশ গরম। এবার পরখ করে দেখে বুঝতে পারল সত্যিই বেশ গরমই বটে সম্ভবত জ্বর এসেছে। এরকম ভেজা জামা কাপড়ে যদি সারাটা রাত কাটায় তাহলে আর দেখতে হবে না , সকালবেলা হয়তো মরে পড়ে থাকবে। ওকে কোথায় শুতে দেবে সেটাও একটা চিন্তা। কিন্তু মেয়েটার জামাকাপড় যদি পাল্টাতে হয়, তাহলে সেটাই বা কি করে সম্ভব! প্রথমত বাচ্চুর ঘরে কোন মেয়েদের পরার মতো জামা কাপড় নেই, কারণ ঘরে বাচ্চু ছাড়া আর দ্বিতীয় কোন সদস্যের অস্তিত্ব নেই। তাই যা সামান্য কিছু জামাকাপড় আছে সবই বাচ্চুর নিজের। তাই ঘরে মেয়েদের কোন জামাকাপড় থাকার কথাই নয়।আর মেয়েটাও তো প্রায় সংজ্ঞাহীন হয়ে পড়ে আছে তাহলে জামাকাপড় পাল্টাবে কি করে?! বাচ্চুর মনে হলো যদি মেয়েটাকে হালকা করে ঝাঁকুনি দেওয়া যায় হয়তোবা জ্ঞান ফিরতে পারে। যেমন ভাবা তেমনি কাজ ও কাঁধের দুপাশে ধরে কিছুক্ষণ মেয়েটাকে ঝাঁকালো কিন্তু সংজ্ঞা ফেরার কোন লক্ষণ নেই মেয়েটার ভেতরে। একটা ঘটিতে করে থানিকটা জল আর একটা কাপড় নিয়ে আসলো একটু একটু করে জলের ছিটে দিতে লাগলো মুখে। কিন্তু কোনো ফল হলো না উল্টে মেয়েটা আরো ভিজে যেতে থাকল। বাচ্চু কিছুক্ষণ হতভম্ব হয়ে বসে থেকে তারপর কাপড়টা ভিজিয়ে নিয়ে জলপড়ির মতো করে কপালে রাখল। যাতে জ্বরটা কমে আসে। প্রায় আধা ঘন্টা সময় ধরে ক্রমাগত জলপড়ি দিয়েও উত্তাপের কোন তারতম্য হলো বলে বাচ্চুর মনে হলো না। বাচ্চুর কপালে তখন চিন্তার ভাঁজ কিভাবে কি করবে। মেয়েটাকে যদি জাগানো যেত, একটু জামা কাপড় পাল্টে দিয়ে যা হোক কিছু খাওয়ার বন্দোবস্ত করা যেত তাহলে হয়তো সকাল পর্যন্ত থানিকটা সুস্থ হত। কিন্তু কোন উপায় খুঁজে পাওয়া যাচ্ছে না। বাচ্চু নিশ্চিত যদি মেয়েটার সত্যিই ভালো করতে হয় , তাহলে যে করেই হোক ওর জামা কাপড় পাল্টে দিতে হবে। আর যদি থাবার দেওয়া যায় খুব ভালো, কিন্তু তার উপায় কিছু নেই।

এভাবে দেখতে দেখতে প্রায় ঘন্টা থানেক চলে গেছে। বাচ্চু ভেতরে ভেতরে আরো উদ্বিগ্ন হয়ে পড়ে, মনে মনে ভাবলো যেভাবেই হোক কিছু ব্যবস্থা করতেই হবে। উঠে দাঁড়িয়ে দরজার কাছে গেল পাশের বাড়িতে কানাইদা থাকে, বৌদিকে ডাকলে হয় না! দরজাটা খুলতে খুলতেই বাচ্চুর মনে হলো না সেটাও ঠিক হবে না কারণ কানাই দার বউয়ের মতিগতি তেমন ভালো না। ওকে যদি এখন বলা হয় যে এরকম একটা মেয়েকে কুড়িয়ে নিয়ে এসেছে, তাহলে ঘন্টাখানেক ধরে হয়তো বাচ্চুকে জেরা করে যাবে অথবা

কৈফিয়ত তলব করবে। ও নির্ঘাৎ বাঞ্ছুর চরিত্রের দোষ-ক্রটি খুঁজে বার করবে। সকাল হতে না হতে সারা পাড়া রটনা করে দেবে অদ্ভুত নোংরা কিছু বিষয়। আর তাছাড়াও ওরা ঘুমিয়ে পড়েছে আরো ঘন্টা দুয়েক আগে। এখন হয়তো ডাকলে সাড়া পাওয়া যাবে না, অথবা সাড়া পেলেও আসতে চাইবে না। এসব সাতপাঁচ ভাবতে ভাবতে বাঞ্ছুর অবস্থা প্রায় পাগল পাগল।

অবশেষে ও একটা বুদ্ধি বার করলো , একটা চাদর দিয়ে মেয়েটাকে ঢেকে দিয়ে শুধুমাত্র নিচে হাত গলিয়ে যদি ওর সমস্ত জামা কাপড় খুলে দেওয়া যায়। বাঞ্ছু ওর পুরনো শত ছিদ্র চাদরটাকে দিয়ে মেয়েটাকে ঢেকে দিলো । শাড়ির আঁচলটা পিঠের নিচে চেপে আছে তাই মেয়েটাকে ডেকে উপরে গিয়ে কোনরকমে টেনে টেনে আঁচলটাকে বার করলো। তারপর বেশ খানিকটা টানাটানি করে শাড়িটাকে নামিয়ে আনলো কোমরের কাছে। পা দুটোকে হালকা উঁচু করে ধরে নিচ থেকে হাত গলিয়ে শাড়িটাকে টানলো তাতে পুরনো শাড়ির একটা অংশ খানিকটা ছিঁড়েও গেল। যাই হোক ধীরে ধীরে বহু কষ্টে শাড়িটা শরীর থেকে খুলতে পারল। কিন্তু মহা সমস্যায় পড়লো সায়া আর ব্লাউজ খুলতে গিয়ে। ওর বুকের মধ্যে উথাল পাতাল হওয়া শুরু করল। কেমন একটা লজ্জা ভয় আর আশংকায় বাঞ্ছু কুঁকড়ে যেতে থাকলো। বেশ কিছুক্ষণ চুপচাপ বসে রইল। অবশেষে নিজেকে খানিকটা ধাতস্থ করে নিয়ে সিদ্ধান্ত নিল যে আলোটা নিভিয়ে দিয়ে খোলার চালের ফাইবার গ্লাস এর মধ্য থেকে যে স্ট্রীট লাইটের সামান্য ঝাপসা আলো আসে সেই আধো অন্ধকারে ওই কাজগুলো করে নেবে। তারপর না হয় চাদর দিয়ে ঢেকে রাতটা পার করে দেবে। বাঞ্ছু উঠে গামছাটা হাতে নিয়ে লাইটটা নিভিয়ে দিল। এবার অন্ধকারের মধ্যে মেয়েটার বুক থেকে চাদরটা সরিয়ে দিয়ে হাত দিল ওর গায়ে। বাঞ্ছু মেয়েটাকে জড়িয়ে ধরে রিক্সায় বসে ঘর পর্যন্ত নিয়ে এসেছে কিন্তু যে জিনিসটা এতক্ষণ অনুভব করেনি এখন মেয়েটার বুকে হাত পড়তেই ওর সারা শরীরটা যেন ঝাঁকুনি দিয়ে উঠলো। বহুকষ্টে নিজেকে সামলে নেয়। ধীরে ধীরে বেশ কসরত করে ব্লাউজটা খুলে দেয়। এই আধো অন্ধকারেও ওর চোখের সামনে স্বপ্নের মত যে নারীর বক্ষদেশের গভীর সৌন্দর্য ধরা দিল, তা ওকে ব্যাকুল করে তুলল। কোন রকমে নিজেকে সামলে নিয়ে পরম মমতায় ওর গলা হাত আর গায়ের সমস্ত জলকাদা মুছিয়ে দিল। সায়াটা খুলতে অবশ্য ওকে অতটা সমস্যার মুখোমুখি হতে হয়নি কারণ কোমরে হাত দিতেই সায়ার গিটটা সহজেই হাতে চলে আসে। তারপর চাদরটা ঢাকা দিয়ে নিচের দিকে ধীরে ধীরে টেনে সায়াটা খুলে নেয়। আবারো গামছাটা নিচে হাত গলিয়ে মেয়েটার শরীরের নিচের অংশ যথাসম্ভব পরিষ্কার করে দেয়। অস্বস্তি একটা হচ্ছিলই, তবু বাঞ্ছু এরই মধ্যে নিজেকে অনেকটা ধাতস্থ করে ফেলেছে। ও স্পষ্ট বুঝতে পারছে মেয়েটাকে সুস্থ করতে হলে এছাড়া আর দ্বিতীয় কোন পথ ওর কাছে খোলা নেই।

এদিকে রাত প্রায় একটা বাজে। সকালে ওকে আবার কাজে যেতে হবে। এখন ঘুমোনোটাও ভারী জরুরী। কিন্তু বাঞ্ছুর একার খাটে মেয়েটা শুয়ে আছে। মেঝেতেও

সেই অর্থে জায়গা নেই। আর যেটুকুও জায়গা আছে সেটা একটা ডাস্টবিন এর মত পরিবেশ। তাছাড়া পেতে শোয়ার জন্যও কোন কিছু নেই কারণ কোনদিন তেমন কোনো কিছুর প্রয়োজনই হয়নি। যাওবা একটা চাদর ছিল সেটাও মেয়েটার গায়ে দিয়ে দিয়েছে। শীতকালের কম্বলটা বিছানার নিচে পাতা তাই সেটা কেও বের করার কোন উপায় নেই। কারণ এই মুহূর্তে মেয়েটাকে সরানোর মতো পরিস্থিতি নেই। কিছুক্ষণ বিছানার কোনায় চুপচাপ বসে থেকে অবশেষে ঠিক করে ওই বিছানার কোনায় কোনো রকমে শুয়ে রাতটা কাটিয়ে দেবে। কিন্তু এতোটুকু খাটে কি করে দুজনার হয় সেও এক সমস্যা তবুও অগত্যা। বাষ্টু একটু ধাক্কা দিয়ে মেয়েটা কে খানিকটা পাশ করে দিল। তারপর মেয়েটার পাশে শুয়ে পড়ল। কপালে হাত দিয়ে দেখলো স্বরটা একই রকম আছে। তবে মেয়েটা এখন একটু যেন নড়ে উঠলো। বাষ্টু বুঝতে পারল ওর জ্ঞান ফিরছে। বাষ্টু উঠে-পড়ে ভাবল জ্ঞান ফিরে মেয়েটা যদি দেখে ওর গায়ে কোন জামা কাপড় নেই আর ওর পাশেই বাষ্টু শুয়ে আছে, তাহলে কি হবে! বাষ্টু ভাবতে শুরু করলো - কি করা যায়!

6

ষষ্ঠ অধ্যায়

মনে হচ্ছে মেয়েটা এবার সত্যি সত্যি নড়তে শুরু করেছে। অস্ফুট শব্দে কি সব যেন বিড়বিড় করছে। বাচ্চু কান পেতে শব্দগুলোর শোনার চেষ্টা করলো। কিন্তু অস্ফুট গোঙানী মিশ্রিত কিছু শব্দ, সেসব কিছুই বাচ্চুর বোধগম্য হল না। বাচ্চু আবার কপালে হাত রাখল। দেখল জ্বরটা মনে হয় একটু কম হয়েছে। মেয়েটা আবারও একটু নড়াচড়া করে স্থির হয়ে গেল। বাচ্চু মনে মনে ভাবল এবার জামাকাপড়ের বন্দোবস্ত না করলেই নয়। কিন্তু মেয়েদের জামাকাপড় এই মুহূর্তে জোগাড় করা ওর পক্ষে অসম্ভব। হঠাৎ মনে হল নাইবা থাকল শাড়ি ওর যা কিছু জামাকাপড় আছে তারমধ্যে কিছুতো মেয়েটাকে পরিয়ে দেওয়া যায়। বাচ্চু বিছানা থেকে উঠে পড়ে লাইটটা জ্বালালো। ওর নিজের সমস্ত জামা কাপড় হাতড়াতে হাতড়াতে মনে হল মেয়েটাকে ওর টি শার্টটা আর ট্রাকসুটটা পরিয়ে দেওয়া যায়। ওই দুটো কে হাতে করে নিয়ে বাচ্চু খাটের কাছে আসলো। মেয়েটা এখনও অচৈতন্য হয়ে পড়ে আছে। কিভাবে ওকে জামা কাপড় পরাবে সেটা ভেবে বাচ্চু ফ্যাকাসে হয়ে যাচ্ছে। বাচ্চু আলোটা নিভিয়ে দিয়ে ধীরে ধীরে মেয়েটার গা থেকে চাদরটা সরিয়ে দিল এবার টি-শার্টের ভেতরে মাথাটা গলিয়ে দেওয়ার চেষ্টা করলো। তার সাথে মেয়েটার চুল জড়িয়ে গিয়ে বেশ জড় ভরত অবস্থা হল। প্রায় মিনিট দশেকের অক্লান্ত চেষ্টায় অবশেষে টিশার্টটা পরাতে পারলো। এরপর ধীরে ধীরে ট্রাকসুটটাও পরালো। বাচ্চু এরপর উঠে লাইটটা জ্বালাল। মেয়েটার মুখের কাছে একটু গ্যাঁজলা মত উঠে এসেছে। বাচ্চু ঘটিতে করে জল আর এক টুকরো কাপড় নিয়ে ওর মুখের কাছে বসে পড়ল। কাপড়ের টুকরা ভিজিয়ে নিয়ে ওর মুখটাকে পরিষ্কার করে দিল। এরপর সেটাকে ভিজিয়ে ভিজিয়ে কপালে কিছুক্ষণ জলপট্টি দিল। রাত প্রায় দুটো বাজে বাচ্চুর ঘুমের ঘোর একদম চলে গেছে। ও জলপট্টি দিতে দিতে মেয়েটার মুখের দিকে তাকিয়ে আছে। কিছুই তো জানে না মেয়েটার সম্পর্কে কোথাকার মেয়ে, কি নাম, কেন এভাবে রাস্তায়, বাচ্চুর সবকিছু কেমন যেন গুলিয়ে যাচ্ছে। কাল সকালে যে কি হবে সেটা ভেবে বাচ্চুর

কেমন একটা অস্বস্তি হচ্ছে। মেয়েটার জ্বর মনে হয় বেশ খানিকটা কম হয়ে গেছে। বাচ্চু গায়ে হাত দিয়ে ভাল করে পরখ করে দেখলো। বাচ্চুর হাতের ছোঁয়া পেয়ে মেয়েটা চোখ খুললো ঝাপসা চোখের চাহিনতে কষ্টের ছাপ স্পষ্ট। ঘোলাটে জিজ্ঞাসু চোখে কিছুক্ষণ তাকিয়ে থেকে আবার চোখ বন্ধ করে নিল। মেয়েটার চাহিনির মধ্যে যেন এক অনন্ত শূন্যতা বাচ্চুর মনকে নিয়ে গেল সেই শূন্যতার দিকে।

ছটা বাজতেই বাচ্চু ধড়পড় করে উঠে বসল। মেয়েটা পাশে ঘুমিয়ে আছে। খোলার চালের আলো আসার ফাইবার গ্লাসের খিড়কি দিয়ে একখন্ড আলো এসে পড়েছে ঘরের মধ্যে। বাচ্চু মনে মনে ভাবল এখন যদি মেয়েটা ঠিক না হয় তাহলে ডাক্তার-খানা নিয়ে যেতে হবে। কিন্তু ডাক্তারের কাছে কি নাম বলবে? মেয়েটার কোন নাম তো জানা নেই! বাচ্চু আলতো করে কপালে হাত ঠেকিয়ে দেখল এখনো জ্বর আছে কি না। এখন অনেকটা স্বাভাবিক মনে হল। বাচ্চু একটা স্বস্তির নিঃশ্বাস ছাড়লো।

বাচ্চু উঠে গিয়ে নিজের ব্রাশটা বার করে গামছাটা নিয়ে কলপাড়ে গেল। পাড়ার কল, ঘটি বাটি নিয়ে অনেকেই সেখানে উপস্থিত। সেখানে নানি বসে কর্তৃত্ব ফলিয়ে যাচ্ছে। এটাই হয় প্রতিদিন। তারই মাঝখানে কোনমতে ম্যানেজ করে বাচ্চু খানিকটা জল নিয়ে এসে প্রাতঃকৃত্য সেরে নেয়। এরপর মেয়েটার কাল রাতের পরনের কাপড় গুলো কে নিয়ে জলে ডুবিয়ে কাদা পরিষ্কার করে ঘরের মধ্যে থাকা দড়িতে টাঙিয়ে দেয়। আর দু-বালতি জল এনে বাথরুমের মধ্যে রাখে। ঘরে ঢুকে একবার মেয়েটার দিকে তাকায়। নাঃ এখনো নিঃসাড়ে ঘুমোচ্ছে মেয়েটা। ওকে ডাকা বোধহয় ঠিক হবে না। বাচ্চু দরজাটা ভেজিয়ে দিয়ে হাঁটতে হাঁটতে মোড়ের মাথায় যায়। ওখান থেকে একটা ব্রাশ কিনে ঘরে ফিরে দেখল মেয়েটা নড়াচড়া করছে। বাচ্চু ওর পাশে বসে মুখ কানের কাছাকাছি ঝুঁকিয়ে এনে খুব ধীরে ধীরে জিজ্ঞাসা করল,

- এখন শরীর ঠিক আছে তো?

মেয়েটা ঘোরের মধ্যে শুধুমাত্র "উঃঁ" বলে চুপ হয়ে গেল। বাচ্চু আবার প্রশ্ন করল,

- এখন শরীর কেমন লাগছে? এবার যেন মেয়েটা হঠাৎ জ্ঞান ফিরে পেল। তাড়াতাড়ি উঠে বসতে চেষ্টা করল। বাচ্চু ঝপ করে ওকে ধরে শুইয়ে দিল।

- আরে আরে কি করছিস? তোর শরীর ঠিক নেই। এভাবে উঠে বসছিস কেন?

মেয়েটা অস্ফুট স্বরে জানতে চাইল,

- এটা কোথায় আছি আমি?

বাচ্চু জবাব দিল

- তুই আমার ঘরেই আছিস। কাল রাত্রেবেলা রাস্তায় অজ্ঞান হয়ে পড়ে ছিলিস, আমি ওখান থেকে তোকে তুলে এনেছি। যেখানে আছিস তোর কোন ভয় নেই।

মেয়েটা- বলল কে তুমি?

বাচ্চু - আমি বাচ্চু

মেয়েটা - হুম

বাচ্চু - তোর নাম কি

মেয়েটা - কি হবে আমার নাম জেনে!

বাচ্চু - ডাক্তারের কাছে নাম লেখাতে হবে না।

মেয়েটা - ডাক্তারের কাছে গিয়ে কি হবে! আমার রোগ কোন ডাক্তার সারাতে পারবে না।

বাচ্চু - কেন তোর কি এমন রোগ হয়েছে যে ডাক্তার সারাতে পারবে না।

মেয়েটা - আমার রোগের কোন নাম নেই। আসলে আমারই কোন নাম নেই। বরং আমার নাম মৃত্যু বললেই ঠিক হয়।

বাচ্চু - রাখ তোর আজে বাজে কথা। আমি তোকে মৃত্যুর কাছ থেকে ছিনিয়ে এনেছি। তোকে কে মারে কার এত সাধ্যি , আমি বেঁচে থাকতে তোর গায়ে কেউ টোকা দিতে পারবে না।

মেয়েটা - ওসব কথা রাখ। আমি চলে যাব।

বলে শরীরের থেকে চাদরটা সরাতে যায়। চাদর সরাতে গিয়ে নিজের বদলে যাওয়ার জামা কাপড় থেকে মেয়েটা চমকে ওঠে।

-এ... একি আমার জা.. জামা কাপড়....

বাচ্চু - কালকে তোর গায়ের জামা কাপড় সব কিছু ভিজে চুপ চুপে হয়ে গিয়েছিলো। ওগুলো না পাল্টালে তুই মরে যেতিস। তাই বাধ্য হয়ে আমি...

মেয়েটা- কি? তু ...

বাচ্চু - হ্যাঁ. .... মানে একরকম বাধ্য হয়ে...

মেয়েটা - তাই বলে তুই নিজে?

বাচ্চু - উপায় ছিল না।

মেয়েটা কিছুটা সময় চুপ করে থাকে। তারপর বাচ্চুর দিকে তাকিয়ে বলে,

- কেন কাউকে ডেকে আনা যেত না! আমি একটা মেয়ে মানুষ। ছি ছিঃ!

বাচ্চু - সত্যি বিশ্বাস কর উপায় ছিল না। আর আমাদের পাড়াটা বিশেষ ভালো না। এখানে সামান্য ছোটখাটো কথাতেও মানুষ কুৎসা রটাতে ছাড়ে না। আর ওই রাতে যদি আমি বলতাম কোন একটা মেয়েকে আমি রাস্তা থেকে তুলে এনেছি তাহলে যে কি হতো..!!

মেয়েটা - পাল্টাতিসনা। ওইভাবে মরে পড়ে থাকতাম। ভালোই হতো। আমি তো মরতেই চেয়েছিলাম, তুই বাঁচালি কেন?

বাচ্চু - ঠিক আছে ঠিক আছে । তাহলে তুই নিজে জামা কাপড় পালটে , তোর নিজের জামা কাপড় পড়ে নে। ধরে নে তোকে কেউ বাঁচাতে চায় নি। বাচ্চু নামে কেউ তোকে রাস্তা থেকে তুলে আনেনি। তারপর তোর যেদিকে দুচোখ যায় চলে যা।

কথাগুলো এক দমে বলে বাচ্চু মুখ ঘুরিয়ে নেয়। মেয়েটা ধীরে ধীরে হাতের উপর ভর দিয়ে উঠে বসে। হাত বাড়িয়ে বাচ্চুর বাহু আলতো করে ধরে বলল,

- রাগ করলি আমার কথায়। না তোর কোন দোষ নেই। আসলে দোষ আমার অদৃষ্টের। তাই আমি একটু উত্তেজিত হয়েছিলাম। তুই কেন আমাকে রাস্তা থেকে তুলে অনলি? একটু বলবি?

বাচ্চু - এমনি।

মেয়েটা - এমনি বলে কিছু হয় নাকি!!?

বাচ্চু - চা খাবি?

- নাঃ

- কেন সারারাত কিছু খাস নি, এখন একটু মুখ হাত ধুয়ে চা জলখাবার খেয়ে নিলে হত না?

- কেন আমার ঋণের বোঝা বাড়াচ্ছিস? আমি তো সারা পৃথিবীর কাছে একটা বোঝা।

- আমাকে যদি বন্ধু বলে ভাবিস তাহলে তো ঋণ থাকেনা।

- আমি আর বন্ধু!! হঃ সারা পৃথিবীর কাছে আমি একটা বিষ ছাড়া কিছু না। ঠিক আছে খাব কিন্তু একটু মুখ হাত-পা ধোবো বাথরুম যাব।

- আচ্ছা এই নে ব্রাশ, আমি এনে রেখে দিয়েছি, আর এই পেস্ট। এপাশে বাথরুম আছে গিয়ে মুখ ধুয়ে বাথরুম করে আয়। ততক্ষণে আমি চা নিয়ে আসছি। এই নে গামছা।

বলে বাচ্চু গামছা, পেস্ট আর ব্রাশ এগিয়ে দেয় মেয়েটার দিকে

মেয়েটা - কেন এতকিছু করছিস আমার জন্য!

-তোকে আর পাকামো মারতে হবে না, যা বলছি তাই শোন। যা তাড়াতাড়ি দিয়ে মুখ ভালো করে ধুয়ে আয়। আমি চা নিয়ে আসার বন্দোবস্ত করছি।

-ঠিক আছে, ঠিক আছে, যাচ্ছি। এত বকছিস কেন?

- বকলাম আর কোথায়! তুই শুধু শুধু বকবক করছিলি, তাই তোকে যেতে বললাম আর কি!

- হম্ বুঝলাম!এতকিছু করছিস আমার জন্য! ঠিক আছে যাচ্ছি।

বলে মেয়েটা ধীরে ধীরে খাট থেকে নেমে এগিয়ে যায় দরজার দিকে। দরজায় হাত দিয়ে একবার ঘাড় ঘুরিয়ে বাচ্চুর দিকে তাকায় বলে - আমার নাম রুমকি।

7

সপ্তম অধ্যায়

বাচ্চু - ঠিক আছে তুই যা পরিষ্কার হয়ে আয়। আমি চা নিয়ে আসছি, তারপর না হয় গল্প করা যাবে। আর হ্যাঁ দুই বালতি জল আছে। আর তো কোন বালতি নেই, তাই সেটা বুঝে খরচা করিস, কারণ বিকেল চারটের আগে আর জল আসবে না। তোর আর কিছু লাগবে?

রুমকি না সেরকম কিছু না। একটু সাবান হলে ভালো হতো।

বাচ্চু - সাবান বাথরুমের পাঁচিলের ওপর রাখা আছে।

আর তুই এখন কি স্নান করবি?

রুমকি - হ্যাঁ স্নান করতাম।

বাচ্চু - স্নান না করলে ভালো হতো না ? তোর সারারাত জ্বর ছিল!

রুমকি - ধুস ও আমার কিছু হবে না। কৈ মাছের প্রাণ সহজে বেরোবে না।

বাচ্চু - কিন্তু শ্যাম্পু তেল কিছু নেই।

রুমকি - ঠিক আছে ওসব কিছু লাগবে না

ওই সাবান দিয়ে চালিয়ে নেব।

বাচ্চু - তুই আর দু চার মিনিট দাঁড়িয়ে যা আমি ছুটে গিয়ে সব নিয়ে আসছি।

রুমকি - না না তুই ছাড় , না অতো সব কিছু লাগবে না হয়ে যাবে।

বাচ্চু - ছাড় মানে ? তুই দাঁড়া না একটুখানি, দু মিনিট। মাত্র দু মিনিট সময় দে।

রুমকি - আচ্ছা যা ঠিক আছে।

বাচ্চু হন্তদন্ত হয়ে ঘর থেকে বেরিয়ে গেল। দুই - তিন মিনিট পরে দুটো ছোট ছোট শ্যাম্পুর পাতা আর একটা ছোট বোতল সুগন্ধি তেল নিয়ে এসে হাজির হল। বাচ্চু বলল,

- দেখ তো ঠিক আছে?

রুমকি - এত কিছু আনার কি দরকার ছিল শুধু শ্যাম্পুটা আনলেই হত।

বাচ্চু - না না মেয়েদের চুল থেকে গন্ধ না বেরোলে ঠিক লাগেনা। আমার মা'রও চুল

থেকে হেব্বি সুন্দর গন্ধ বের হতো ।

রুমকি - উঃ এদিক নেই ওদিক আছে। গন্ধ তোর বউয়ের চুলের মধ্যে খুঁজিস।

বলেই একটা কৌতুক পূর্ণ হাসি খেলে গেল রুমকির মুখে । বাচ্চু বলল,

-আমার আর বউ! ' নিজে খেতে পায়না, আবার শংকরা কে ডাকে"! যা যা স্নান করে আয় । আর হ্যাঁ স্নান করে উঠে পরবি কি?

রুমকি - জামা কাপড় গুলো ভেজাবো না শাড়িটা তো দেখছি তুই ভিজিয়ে দিয়েছিস । তাহলে আর পরার কি থাকবে? স্নান করে উঠে আবার এগুলোই পরে নেব।

বলে রুমকি দরজা ঠেলে বেরিয়ে বাথরুমের দিকে যায় । বাচ্চুও বেরিয়ে পড়ে চা আনতে । দোকানে গিয়ে বাচ্চু বসে আয়েশ করে একটা বিড়ি খায়। বসে বসে কয়েক মিনিট রুমকির ব্যাপারে সাতপাঁচ ভাবতে থাকে। মেয়েটা বেশ! এরকম একটা মেয়ে যদি ওর বউ হত! এই মেয়েটা কে, কে-জানে! যদি তোর কাছে থেকে যায়! বেশ ভালো হবে দুজনে মিলে গুছিয়ে সংসার করতে পারবে। কিন্তু থাকবে কি মেয়েটা? হঠাৎ মনে পড়ে গেল ওর জামাকাপড় পাল্টে দেওয়ার কথা। আধো অন্ধকারের মধ্যে নিজের হাতে মেয়েটার জামাকাপড় সব পাল্টে দিয়েছে। তারই মধ্যে আধো অন্ধকার ঘরের মধ্যে ফাইবার গ্লাসের ফাঁকা দিয়ে যতটুকু স্ট্রীট লাইটের আলো আসছিল তাতে ওর চোখে মেয়েটার শরীরটা ছায়া ছায়া দেখতে পাচ্ছিল ও। কেমন একটা স্বপ্নের মত! এসব কথা ভাবতে ভাবতে হঠাৎ ওর ভাঙ্গা গালে একটু হাসি খেলে গেল। ঘটনাটা লক্ষ্য করে চায়ের দোকানদার কেঁচোদা বলল,

- কি খবর বাচ্চু আজ এত খুশি খুশি!

- না না ব্যাপারটা তো কিছু একটা আছেই। অন্যদিন এতক্ষণে দোকানে যাওয়ার জন্য তাড়াহুড়ো শুরু করে দিস। আধখানা চা খেয়েই দৌড়ে পালাস, আজ বসে বসে আয়েস করে বিড়ি টানছিস, আবার দুকাপ চা ঘরে নিয়ে যাবি সাথে বিস্কুট, মুখে মিটি মিটি হাসি, ব্যাপার তো কিছু একটা আছেই!

বাচ্চু আর কথা না বাড়িয়ে বলল,

- নাও নাও ওদিকে কাজে যেতে হবে তাড়া আছে।

কথাটা বলেই বাচ্চু তড়িঘড়ি করে উঠে দাঁড়ায়।

দশ বারো মিনিট পরে বাচ্চু একটা দুধের পলিথিন প্যাকেটে করে দু কাপ চা আর সাথে দুটো মাটির ভাঁড় আর দুটো বেকারি বিস্কুট নিয়ে ঘরে ফিরে আসে । রুমকি তখনো বাথরুম থেকে ফেরেনি। বাথরুমের দরজার কাছে গিয়ে বাচ্চু বলল কিরে তোর হলো চা ঠান্ডা হয়ে যাবে যে।

রুমকি ভেতর থেকে আওয়াজ দিল আরে সারাটা গা কাদায় মাটিতে যা হয়ে আছে তাতে একটু সময় লাগছে। তুই চা খেয়ে নে আমার না হলেও চলবে

বাচ্চু - আরে না দুজনের চা'ই এনেছি তুই তাড়াতাড়ি আয় তারপর একসাথে খাবো।

দু-তিন মিনিট বাদে রুমকি ঘরের মধ্যে আসে। খোলা চুল আগের জামাকাপড় পরা গামছাটা আলগোছে গলার কাছে জড়ানো। অনেকটা ফ্রেশ লাগছে ওকে বাছু বলে নে বস চা টা খা। তারপর সারারাত তো কিছু খাওয়া হয়নি কি খাবি বল, কচুরি চলবে ওই মোড়ের মাথায় বিহারীদার কচুরির দোকান। হেব্বি বানায় মাইরি, আমি প্রতিদিন খাই।

রুমকি বলল - সে তুই যা ভাল বুঝিস।

এরপর দুজনে বসে ভাগাভাগি করে চা খেতে খেতে বাছু রুমকিকে বলে- একটু ডাক্তারের কাছে গেলে হতো না!

রুমকি - না এখন সব ঠিক আছে কোন ডাক্তার ফাক্তার কিছু লাগবেনা।

বাছু বলল- তোর বাড়ি কোথায় রুমকি।

রুমকি - কোথাও নেই।

বাছু - ধ্যাৎ সে আবার হয় নাকি?

রুমকি - সেটাই হয়। মেয়ে লোকের আবার বাড়ি!

বাছু - আচ্ছা তোর বাড়ি না হলো তোর বরের বাড়ি?

রুমকি - আমার কেউ নেই।

বাছু - কেন মিথ্যা বলছিস তোর কপালে সিঁদুরের দাগ আছে।

রুমকি - ওতো কেউ পরিয়ে দিয়েছিল তাই আছে। ওসব পাট সব ঘুচে গেছে।

বাছু - তা তোর মা বাপ।

রুমকি - সে বলবো খন পরে।তুই কাজে যাবি না আমার সাথে বসে গল্প করলে হয়ে যাবে।

বাছু - হ্যাঁ তো। এখন টিফিন করবো, করে কাজে যাব।

চা'টা শেষ করে বাছু কচুরি আনতে যাওয়ার জন্য উঠে দাঁড়ায়।রুমকি উঠে একটা বাছুর ছোঁড় একটা চিরুনি নিয়ে ধীরে ধীরে মাথাটা আঁচড়াতে থাকে। রুমকির দিকে বাছু কিছুক্ষণ তাকিয়ে থেকে ধীরে ধীরে ঘর থেকে বেরিয়ে যায়। কিছুক্ষণ বাদে দুটা পলিথিন প্যাকেটে করে কচুরি আর ঘুগনি নিয়ে ফিরে আসে। জলের মতো ঘুগনি দু'চারটে আলু যদিও বা দেখা যায় মটর খুঁজতে রীতিমতো গোয়েন্দা ডুবুরি নামাতে হবে। যাই হোক দুজনে ভাগাভাগি করে খাওয়ার পর বাছু বলে,

- আমাকে দোকানে যেতে হবে তো। এতক্ষণে হয়তো দোকানে ভিড় লেগে গেছে। অন্যদিন হলে এতক্ষণ চলে যেতাম।খোকনদা হয়তো গালাগাল দিচ্ছে। দুপুরে কিছু রান্না করতে হবে না। আমি আসার সময় ডাল ভাত নিয়ে আসব। দোকান থেকে। তুই এখন শুয়ে রেস্ট নে।

কথাগুলো বলে বাছু জামা কাপড় পালটে, বেরিয়ে যাবার জন্য তৈরি হলো। রুমকি বলল,

- তা কতক্ষণে আসবি বাছু

-আসবো ওই সাড়ে বারোটা একটা হবে। আবার পাঁচটার সময় দোকান খুলবে। দুপুরে এসে সব গল্পগুজব করব।

বলে বাচ্চু রুমকির গায়ে হাত ঠেকিয়ে দেখতে যায় যে ওর গায়ে জ্বর আছে কি না। রুমকি এক ঝটকায় খানিকটা পিছিয়ে যায়। বাচ্চু বলল,

- কি হলো ওরম করছিস কেন? আমিতো তোর জ্বর আছে কিনা দেখতে চাচ্ছিলাম।

রুমকি - ছাড় ছাড় ওসব আমার জানা আছে।

বাচ্চু - কি জানা আছে?

রুমকি - ওই ছুতোনাতা করে ছোঁয়া। ও সব পুরুষের ধর্ম।

বাচ্চু - তা ঠিক বলেছিস , তোকে একটু ছুঁতে তো ইচ্ছে করছিলই। কিন্তু তার মানে ওই না। আর সেটা যদি বলিস তাহলে কালকে রাতে....

বাচ্চুর কথার সরলতা আর মানে দুটোই রুমকির কাছে জলের মত পরিষ্কার।

রুমকি - থাম। জানি জানি আর বলতে হবে না। দেখ আমার জ্বর টর কিছু নেই আর। বলে বাচ্চুর হাতটা টেনে নিয়ে ওর কপালে রাখে।

রুমকি আবার বলল

- হয়েছে? যা এবার কাজে যা।

বাচ্চু দরজার কাছে গিয়ে ঘাড় ঘুরিয়ে রুমকির দিকে দেখে বলল,

- তোর চুল থেকে হেবি সেন্ট বেরোচ্ছে মাইরি।

বলেই হি হি করে হেসে বেরিয়ে গেল।

রুমকি মনে মনে একটা অস্বস্তির মধ্যে পড়ে গেল কি করবে একা একা। বাচ্চু তো দিব্যি বলে চলে গেল শুয়ে রেস্ট নিতে বলে , কিন্তু রেস্ট নিতে এখন আর ওর ইচ্ছা করছে না। ঘরের মেঝের দিকে তাকিয়ে ওর গা'টা ঘিন ঘিন করে উঠলো। সারা ঘরে বিড়ির টুকরো ছড়ানো কতকাল যে ঝাঁট পড়েনি তার কোন ইয়ত্তা নেই। খাটের নিচে একগাদা দেশি মদের বোতল। দেয়াল ময় মাকড়সার ঝুল । একটা ক্যালেন্ডার ঝুলছে সেটা কত বছরের পুরনো তার কোন হদিস নেই। কতগুলো বাসন পরম অযত্নের ছাপ বুকে নিয়ে একদিকে নিশ্চিন্তে ডাই হয়ে পড়ে আছে। দড়িতে কতগুলো জামাকাপড় জাস্ট ছুড়ে ফেলা বলে মনে হচ্ছে । কোনরকমে ঝুলে থাকা ছাড়া আর কোন গোছানোর বালাই নেই। তার পাশে একটা কোনা ভাঙ্গা আয়না আর একটা টিনের বাক্স।

রুমকি উঠে ঘর গোছাতে লেগে গেল। মনে মনে অনেক আকাশ-পাতাল চিন্তা করে যেতে থাকলো। আচ্ছা কাল রাতে বাচ্চু যে ওর সমস্ত জামা কাপড় পাল্টে দিয়েছে মানে তো..। রুমকির মুখটা লজ্জায় লাল হয়ে উঠলো।

৪

অষ্টম অধ্যায়

দুপুরবেলা একটার সময় বাচ্চু এল। হাতে একটা পলিথিনের প্যাকেটে ভাত, ডাল, একটা কিছু তরকারি আর আলু ভাজা নিয়ে। ঘরে ঢুকেই ঘরের চারিদিক জুলজুল করে তাকিয়ে, থানিকটা গলার স্বরে বিস্ময়বোধ মাখিয়ে, বাচ্চু বলল,

-এই দেখোওওও! মাইরি এটা আমি কার ঘরে ঢুকে পড়েছিইই... আমার ঘর তো একেবারে ঝ্যাক্কাস। এইজন্যই বলে ঘরে লক্ষ্মী না থাকলে, পুরুষ মানুষ লক্ষ্মীছাড়া হয়ে যায়।

রুমকি বলল - কি যা তা বকছিস!

এরপর বেশ কিছুক্ষণ এটা ওটা কথার পর বাচ্চু হাত পা ধুয়ে এলো। দুজনে মিলে খেতে বসে এটা ওটা নানা রকম কথাবার্তা গড়িয়ে চলল। ক্রমে ক্রমে রুমকি তার অতীত জীবনের ঘটনাক্রমে ডুবে যেতে থাকলো।

রুমকি ওর বাবার কাছে শুনে ছিল, ও যেদিন জন্মেছিল জন্ম দিতে গিয়ে নাকি ওর মা'টা মরেছিল। তেমন তো কিছু সমস্যা ছিল না ডাক্তার বলেছিল নরমাল ডেলিভারি হবে। হয়েও ছিল তাই। তবু জন্ম দিতে গিয়ে ওর শরীরটা নাকি অনেকক্ষণ আটকে ছিল, মায়ের জরায়ুর মুখে। কিছুতেই ডেলিভারি হচ্ছিল না। অনেকেই ভেবেছিল হয়তো বাচ্চাটাকে বাঁচানো যাবে না। অবশেষে অনেক কষ্টে ডেলিভারি হলো রুমকি বেঁচে গিয়েছিল। কিন্তু রুমকির মায়ের সেই যে রক্তপাত শুরু হলো সে আর থামছিলই না। ডাক্তার বলেছিল যত তাড়াতাড়ি সম্ভব বড় হাসপাতালে নিয়ে যেতে হবে। কিন্তু গ্রামের পথে গাড়িঘোড়ার অভাবে মাঝরাতে সমস্ত কিছু শেষ হয়ে যায়। পাড়া-প্রতিবেশী নাকি তখন থেকেই বলতে শুরু করেছিল মেয়েটা রাক্ষসী, মাকে খেয়ে যে জীবন শুরু করে তাকে রাক্ষসী বলা ছাড়া কি বা বলা যায়। তারপর তিন বছর বয়স হতে না হতে হঠাৎ একদিন ওর বাবার একদিন হার্ট অ্যাটাক হয় আর তারপর প্যারালাইজড হয়ে যায়। সেই থেকে বছর দুয়েক কোনমতে টিকে থাকে, ওর পাঁচ বছর বয়স হতে না হতে

বাবাও চলে যায়। এরপর রুমকির সব দায় দায়িত্ব এসে পড়ে ওর কাকা কাকিমার উপর। আসলে দায়-দায়িত্ব বলাটা ঠিক হবে কিনা সে কথা বলার উপায় নেই। কারণ কাকিমার আসল লক্ষ্য ছিল রুমকির সম্পত্তির অধিকার। তাই রুমকির ওপর চলতে শুরু করল অকথ্য শারীরিক, মানসিক অত্যাচার। ঘরের কাজ, জল তোলা, বাসন মাজা, ধান ঝাড়া, সবকিছুই ওই ছোড় মেয়েটার উপরে। এতকিছু করে এক বেলার খাবার আর ফাও মারধোর। ফলস্বরূপ সারা গায়ে অসংখ্য অত্যাচারের আলপনা। এরপর কোনরকমে চোদ্দ বছর বয়স হতে। কাকা আর কাকিমা কলকাতা দেখার নাম করে এনে কলকাতার রাস্তায় ছেড়ে দিয়ে চলে যায়। হয়তো উদ্দেশ্য ছিল পথের শিয়াল-কুকুর ওকে ছিঁড়ে খাবে। কিন্তু অদৃষ্টের পরিহাসে সে আর হয়নি। তারপরে ও আর কোনদিন গ্রামে ও ফেরেনি। সেদিন যখন সবকিছু হারিয়ে ও বসে বসে কাঁদছিল, তখন একটা বুড়ো ভিখারি কোথা থেকে এসে ওর কান্নার কারণ জানতে চেয়েছিল। বুড়ো কেন জানি সবই বুঝতে পেরেছিল সে বলেছিল ,

-তোর কাকা কাকিমার ফিরবে না-রে তুই বরং আমার সাথে চল।

বুড়োর কথায় প্রথমে ভরসা হয় নি। তাই রুমকি ওর সাথে যেতে অস্বীকার করেছিল। মনে মনে ভেবেছিল হাজার হোক কাকা কাকিমা নিজের লোক তারা কি এভাবে ফেলে চলে যাবে ওকে! সেই বিশ্বাস নিয়ে ঠাঁয় সন্ধ্যা পর্যন্ত বসেছিল, যদি কাকা কাকিমা ছুটে আসে। বুড়ো ওকে ফেলে বেশি দূরে যায় নি, খানিকটা দূরেই রাস্তার উপরে বসে ভিক্ষা করে চলেছিল আর পাশাপাশি রুমকির দিকে নজর রাখছিল। অবশেষে সন্ধ্যার পর বাধ্য হয়ে বুড়োর সাথে, বুড়োর ঠেকের উদ্দেশ্যে রওনা হয়। এর পর বেশ কিছু দিন বুড়োর সাথে রেল লাইনের ধারে একটা ঝুপড়িতে কাটিয়ে ছিল। সেই বুড়ো ওকে নাতনির মতই আদর করত। জীবনে প্রথম ও জানতে পারে আদর বস্তুটা কী। কিন্তু যে জন্মেছে মাকে খেয়ে তার কপালে সে সুখ সইবে কেন!? দু বছরের মাথায় সে বুড়োও মারা গেল।

রুমকি এবার পুরোপুরি একলা হয়ে গেল। দুটো বাড়িতে ঠিকে ঝির কাজ করে কোনরকমে পেট চলে যাচ্ছিল। কিন্তু একা মেয়ের একটা ঝুপড়ি তে একা থাকার যে কি ঝুঁকি তা যে না থেকেছে তার পক্ষে বোঝা সম্ভব না। রাতবিরেতে মাতাল, ছিঁচকে চোর আর লম্পট দের উৎপাত। তবু সমস্ত ঝড়ঝাপটা সামলে ওই ঝুপড়িতেই এরপরে আরো দুই তিন বছর কাটে। অবশেষে বস্তির একটা ছেলের সাথে ওর সম্পর্ক তৈরি হয়। পরবর্তীতে তার সাথে বিয়ে ও হয়। মা ছেলের ঘর নতুন বউ কয়েকটা দিন বেশ সুখে দুঃখে কাটছিল। কিন্তু যার বিধিবাম তার আর সুখ! যাকে বিয়ে করেছিল তার নাম ছিল লাটু। বিয়ের ছয় মাসের মাথায় লাটু একদিন কাজ থেকে বাড়ি ফেরার পথে হঠাৎ বমি করতে শুরু করে। তারপর জ্ঞান হারিয়ে ফেলে। বস্তির কয়েকজন ধরাধরি করে ওকে ঘরে তুলে দিয়ে যায়। পরদিন সকালবেলা হাসপাতলে নিয়ে যাওয়া হয় ডাক্তার কত কিছু টেস্ট করতে বলে সেসব রুমকি ভালো করে জানেও না। প্রায় এক দেড় মাস

এ হাসপাতাল ও হাসপাতাল করতে করতে অবশেষে জানতে পারে ওর মাথায় একটা টিউমার হয়েছে। ডাক্তারের আশঙ্কা সেটা ক্যান্সার। মুহূর্তেই সবার চরিত্র বদলে গেল। যেন সব কিছুর জন্য রুমকি দায়ী। ফিরে এলো আবার সেই পুরনো দিন। উঠতে বসতে শাশুড়ির হাতের মার। শাশুড়ির দৃঢ় বিশ্বাস রুমকি একটা ডাইনি অথবা অপয়া। ওর ছেলেকে রুমকি খেয়ে ফেলবে। প্রতিদিন কোনো-না-কোনো আছিলায় রুমকিকে চলত বেদম মারধর। অতিষ্ঠ জীবনে রুমকি ঠিক করে এ জীবন রেখে আর লাভ নেই তাই গোপনে একটা বিষের কৌটো সংগ্রহ করে সেটা বেঁধে রাখে শাড়ির আঁচলে। যে রাতে বাচ্চুর সাথে দেখা সেই রাত্রে শাশুড়ি প্রচণ্ড মারধোর করে রুমকি কে ঘর থেকে ধাক্কা দিয়ে বের করে দিয়েছিল ঘরের বাইরে। সেটাও ছিল একটা পরিকল্পনার অংশ। বাইরে দুটো ছেলে দাঁড়িয়ে ছিল আগে থেকেই। তারা ছুটে আসে ওর দিকে নিঃশব্দে। একজন ছুরি বার করে অন্যজন টেনে ওর কাপড় খুলতে যায়। রুমকি কোনরকমে ওদের হাত থেকে সুযোগ বুঝে দৌড়াতে শুরু করে। এক সময় দৌড়াতে দৌড়াতে কুমোরটুলির গলির মধ্যে এসে পড়ে। সেখানে দাঁড়িয়ে অসংখ্য নগ্ন দেবদেবীর কাঠামো আর ওর পেছনে ওকে নগ্ন করার জন্য কয়েকটা উদ্ধত লালসার হাত। হঠাৎ একটা জায়গায় জল কাদার মধ্যে হমড়ি খেয়ে পড়ে যায়। ছেলেদুটো সেটা খেয়াল করতে পারেনা আর রুমকি ও সেই জল কাদার মধ্যেই মাটির তালের পাশে লেপটে পড়ে থাকে। ছেলেগুলো অনেকক্ষণ এদিক-ওদিক ছোটাছুটি করে খোঁজাখুঁজি করতে থাকে। অবশেষে খুঁজতে খুঁজতে ওরাও কোথায় হারিয়ে যায়। এরপর রুমকির যেদিকে দুচোখ যায় সেদিক ধরে হাঁটতে শুরু করেছিল। তারপর আর ওর জানা নেই, কি হয়েছিল ওর সাথে। যখন চোখ মেলে ছিল তখন প্রথম বাচ্চুকে দেখেছিল।

৭
অন্তিম অধ্যায়

বাচ্চুর যখন জ্ঞান ফিরলো তখন অসহ্য যন্ত্রণাময় শরীরটা কোনরকমে নাড়িয়ে চারি দিকে তাকিয়ে দেখলো অন্ধকার নেমে এসেছে একটা টিম টিম আলো জ্বলছে এক কোনায় টেবিলের উপর মাথা নিচু করে ঘুমোচ্ছে একজন উর্দিধারী। আরেকজন দরজার পাশে বসে ঝিমোচ্ছে।

বাচ্চু এসব কিছুই দেখতে চাইছে না। শুধু ওর চোখে শুধু ভেসে উঠছে রুমকির মোহময় মুখটা। মনে পড়ছে রুমকির সাথে কাটানো অনন্য সামান্য সময় আর রুমকির অতীত জীবন।

বাচ্চুর চোখ থেকে অঝোরে জল ঝরতে থাকে। একবার ডুকরে কেঁদে ওঠে অস্ফুট স্বরে মুখ থেকে বেরিয়ে আসে - রুমকি। পকেটে হাত দিয়ে আরেকবার হাতড়ে হাতড়ে রুমকির চিঠিটা বার করে। অনেকক্ষণ ধরে ধীরে ধীরে পুরো চিঠিটা পড়ে। ওদিকে রক্তে ভেসে যাচ্ছে সেলের মেঝে। সেই রক্তে আঙুল ডুবিয়ে ডুবিয়ে ওর অপটু হাতে কয়েকটা শব্দ লিখল সেলের দেওয়ালের গায়ে। উঠে দাঁড়ানোর শক্তি ওর শরীরে আর অবশিষ্ট নেই। তার ওপরে একটা পায়ের হাটু ভেঙ্গে গেছে। জীবনের সমস্ত শক্তি কে জড়ো করে উঠে বসল সেলের মেঝেতে। ঘুমন্ত শরীরগুলো তেমনি নিশ্চুপ হয়ে আছে প্রশান্ত নিদ্রায়। যেন পৃথিবীর কোথাও কিছুই ঘটেনি। কিছু ঘটতে পারে না। গরাদ ধরে একপায়ে সমস্ত শক্তি দিয়ে উঠে দাঁড়ানোর চেষ্টা করছে বাচ্চু। অবশিষ্ট একটা পায়ে শরীরটাকে বহনের ক্ষমতা আর কিছুই অবশিষ্ট নেই। তবু ওকে যে উঠে দাঁড়াতেই হবে। পা'টা থর থর করে কাঁপছে। যেকোনো সময় ও আবার সেলের মেঝেতে পড়ে যাবে। সময় খুব কম এরই মধ্যে যা করার ওকে করে ফেলতে হবে!

বড়বাবু হাঁক দিলেন - "চিঠিটা নিয়ে আসো ঘোষ। চিঠিটা নিয়ে আসো।" ঘোষ সেলের

মেঝেতে পড়ে থাকা রুমকির চিঠিটা এনে বড়বাবুর হাতে দিল। বড়বাবু চিঠিটা পড়তে শুরু করলেন।

প্রিয় বাঞ্চু,

যখন তুই এই চিঠিটা পড়ছিস, তখন আমি তোর থেকে অনেক দূরে। আমার এই সর্বনাশা জীবন সবাইকে শুধুই যন্ত্রণার বেশি কিছুই দিতে পারেনি, আর পারবেও না। আমি চাইনা আমার সেই সর্বনাশের আগুনে তুইও জ্বলে পুড়ে রাখ হয়ে যাস। আমার পা আজ পর্যন্ত পৃথিবীতে যেখানেই পড়েছে সেখানেই শুধু সর্বনাশের আগুন জ্বলেছে। রাতে তুই আমায় জীবনের সর্বস্ব পাওয়া দিয়ে ভরিয়ে দিলি এই আমার জীবনের পরম পরিতৃপ্তি চরম সার্থকতা। এর জন্য জন্ম জন্ম কৃতার্থ তোর কাছে। এ জন্মে আর তোর সাথে ঘর করা আমার পক্ষে সম্ভব না।আমি দাঁড়িয়ে থেকে দেখতে পারবোনা তোর সর্বনাশ। তবু তোর ভালোবাসার অমূল্য সম্পদ বুকে নিয়ে পৃথিবী ছেড়ে চলে যাচ্ছি। সেখানেই অপেক্ষা করব যদি আগামী কোন জন্ম পাই, যেন তোর হয়ে জন্মাতে পারি। শুধুমাত্র তোর হয়ে বাঞ্চু। সেদিন এই সর্বনাশা সব আগুন তুই নিভিয়ে দিবি তো? ! আমায় ক্ষমা করিস আমি চললাম তোর জন্য অপেক্ষা করতে।

ইতি রুমকি

বড়বাবু ঘাড় ঘুরিয়ে সেলের দিকে তাকালেন। দেয়ালের গায়ে রক্ত দিয়ে লেখা "আমিও আসছি রুমকি।" গ্রিলের সাথে ঝুলছে বাঞ্চুর নিথর দেহ। পরনের প্যান্টটা দিয়ে গলায় ফাঁস লাগানো।

www.ingramcontent.com/pod-product-compliance
Lightning Source LLC
Chambersburg PA
CBHW060922130726
48001CB00006B/2358